Guillermo Cabrera Infante

La ninfa inconstante

T0002139

DEBOLS!LLO

Papel certificado por el Forest Stewardship Council®

MIXTO
Papel procedente de
fuentes responsables
FSC® C117695

Primera edición en Debolsillo: octubre de 2020

Printed in Spain – Impreso en España

ISBN: 978-84-663-5287-1
Depósito legal: B-8012-2020

Compuesto en Comptex&Ass., S.L

Impreso en Liberdúplex, S.L.U.
Sant Llorenç d'Hortons (Barcelona)

P 3 5 2 8 7 1

Penguin
Random House
Grupo Editorial

Ces nymphes, je les veux perpétuer.
STÉPHANE MALLARMÉ

Ceci n'est pas un conte.
DENIS DIDEROT

Si encuentras anglicismos, corrector de pruebas que no apruebas, no los toques: así es mi prosa. Déjenlos ahí quietos en la página. No los muevan, que no se muevan. Después de todo, esta narración está escrita en Inglaterra, donde he vivido más de treinta años. Una vida, como diría mi tocayo Guy de Maupassant, *en passant. De mot passant.*

Prólogo

Según la física cuántica se puede abolir el pasado o, peor todavía, cambiarlo. No me interesa eliminar y mucho menos cambiar mi pasado. Lo que necesito es una máquina del tiempo para vivirlo de nuevo. Esa máquina es la memoria. Gracias a ella puedo volver a vivir ese tiempo infeliz, feliz a veces. Pero, para suerte o desgracia, sólo puedo vivirlo en una sola dimensión, la del recuerdo. El intangible conocimiento (todo lo que yo sé de ella) puede cambiar algo tan concreto como el pasado en que ella vivió. Una canción contemporánea parece decirlo mejor que yo: «Cuando el inmóvil objeto que soy / encuentra esa fuerza irresistible que es ella». Los fotones pueden negar el pasado, pero siempre se proyectan sobre una pantalla —en este caso este libro. La única virtud que tiene mi historia es que de veras ocurrió.

Esta narración está siempre en el presente a pesar del tiempo de los verbos, que no son más que auxilios para crear o hacer creer en el pasado. Una página, una página llena de palabras y de signos, hay que recorrerla y ese recorrido se hace siempre ahora, en el mismo momento que escribo la palabra ahora que se va a leer enseguida. Pero la escritura trata de forzar la lectura a crear un pasado, a creer en ese pasado —mientras ese pasado narrado va hacia el futuro. No quiero que el lector crea en ese futuro, fruto de lo que escribo, sino que lo crea en el pasado que lee. Son estas convenciones —escritura, lectura— lo que nos permite, a ti y a mí, testigo, volver a ver mis culpas, revisar, si puedo, la persona que fui por un momento. Ese momento está escrito en este libro: queda inscrito.

Habrá momentos en que el ojo que lee no creerá lo que ve. Eso se llama ficción. Pero es necesario siempre que el lector confunda el presente de la lectura con el pasado de lo narrado y que ambos tiempos avancen en busca de un futuro que es la culminación de la acción en la narración. (Me gustan las rimas impensadas.) Pero hay que recordar que toda narración es *en realidad* un *flash-back*. El ejemplo más nítido de *flash-back* es la narración que hace Ulises de sus aventuras y desventuras en la corte de Antinoo. Éste es un momento, más que épico, dramático, casi melodramático, ya que la narración de Ulises viene precedida por las notas musicales de la lira y el canto del cantor de la corte. Los narradores de cuentos de hadas siempre comienzan su historia con el imprescindible «Érase una vez». Como toda ficción es siempre érase una vez, esta narración mía no puede ser menos. Aunque es todo menos un cuento de hadas. Es, si acaso, un cuento de hados. De nada.

Tuve que hacer un hueco en medio de la realidad. Yo era, fui, ese hueco. Aunque parezca una declaración asombrosa, que no quiero que sea, La Habana no existía entonces. Recuerdo (es un recuerdo infantil en que ardo) una postalita de la serie *Piratas de ayer*. Cada postal venía con una galletita, que se compraba por la postal, nueva o no, repetida a veces. La galleta era un pretexto que sin embargo se comía. Una postalita se llamaba «Caminando el tablón» y presentaba a un hombre, en medio de un tablón que sobresalía de la nave. Era un bucanero. Bocanegra. De este lado del tablón estaban los conocidos compañeros de la costa, sable en mano. Del otro lado quedaba el mar desconocido y unos visibles tiburones que nadaban cerca del navío. El condenado sobre el tablón estaba, como dice el proverbio inglés, «entre el diablo y el profundo mar azul».

Ahora era yo el infeliz en el tablón. Que la vida se organice como una postal de piratas era lo que se llama una ironía. Ella se había encargado de contaminarlo todo. Era, de veras, como una infección. Ese verano ella lo había dominado todo, como domina una bacteria la vida. Pero había sido, en un momento de nuestro encuentro, una querida bacteria que produjo una infección amable. Larvado viví y estuve enfermo por un tiempo.

Pero no había realidad fuera de mí, de nuestra realidad. Como en las películas, el tiempo en la pantalla suspendía el tiempo afuera. Pero —eso lo veo ahora— la vida no es una película, por muy real que sea la vida. ¿Qué decir de los efectos especiales? La narración intenta llenar ese vacío, pero ese vacío es el centro de la narración porque era, ¿quién lo diría?, la propia Estelita. Una vez más, sólo la estela dejada por la fuga.

Contar (es decir, contando) implica correr riesgos. Uno de ellos es el riesgo que se corre en la vida, donde uno no cuenta. La vida está siempre en primera persona, aunque uno sabe cómo va a ser, «en un final», el *final*. La tercera persona, qué duda cabe, es más segura. Pero es también la transmisión a distancia que resulta siempre falsa. La falsa distancia es de la novela, la proximidad de la primera persona viene de la vida. La tercera persona no va a ninguna parte. Todo es ficción pero la primera persona, tan singular, no lo parece.

La vida es un *prêt-à-porter* si *pret* es una abreviatura de pretérito. El Lector puede, si quiere, creer que nada ocurrió o que esta historia del periodista pobre y su hallazgo nunca tuvo lugar —excepto, claro, en mi memoria.

La ninfa inconstante

El pasado es un fantasma que no hay que convocar con médiums o invocar con abra-esa-obra. Es en realidad del recuerdo un *revenant* irreal. No hace falta poner las manos sobre la mesa, palma abajo, o responder a los tres toques rituales o preguntar «¿Quién está ahí?». El espíritu del pasado siempre está ahí. Un vaso de agua y una flor amarilla bastan. No hay que repetir frases encantatorias o *cast a spell*: todos los muertos están ahí, vivos, exhibidos tras una vidriera negra, una cámara oscura, una obra de artificio. Los entes pasados viven porque no han muerto para nosotros. Vivimos porque ellos no mueren. Nosotros somos los muertos vivientes.

Es en pasado cuando vemos el tiempo como si fuera el espacio. Todo queda lejos, en la distancia en que el pasado es una inmensa pradera vertiginosa, igual que si cayéramos de una gran altura y el tiempo de la caída, la distancia, nos hiciera inmóviles, como ocurre con los clavadistas del aire, que van cayendo a una enorme velocidad y sin embargo para ellos no se cae nunca. Así caemos en el recuerdo. Nada parece haberse movido, nada ha cambiado porque estamos cayendo a una velocidad constante y sólo los que nos ven desde afuera, ustedes los lectores, se dan cuenta de cuánto hemos descendido y a qué velocidad. El pasado es esa tierra inmóvil a la que nos acercamos con un movimiento uniformemente acelerado, pero el trayecto —tiempo en el espacio— nos impide apartarnos para tener una visión que no esté afectada por la caída —espacio en el tiempo— voluntaria o involuntaria. El tiempo, aun detenido, da vértigo, que es una sensación que sólo puede dar el espacio.

El pasado sólo se hace visible a través de un presente ficticio —y sin embargo toda la ficción perecerá. No quedará entonces del pasado más que la memoria personal, intransferible.

No me interesa la impostura literaria sino la verdad que se dice con palabras que necesariamente van una detrás de la otra aunque expresen ideas simultáneas. Sé que una frase es siempre una cuestión moral. ¿Hay una memoria ética? ¿O es estética, es decir selectiva?

La memoria es otro laberinto en que se entra y a veces no se sale. Pero son fantásticos, innúmeros, los corredores de la memoria, fuera de la que hay un solo tiempo real y es aquel que se recuerda —es decir, yo mismo ahora en que la máquina de escribir es la verdadera máquina del tiempo.

Escribir, lo que hago ahora, no es más que una de las formas que adopta la memoria. Lo que escribo es lo que recuerdo —lo que recuerdo es lo que escribo.

Entre ambas acciones están las omisiones —que son los intersticios, lo que se queda. Es decir, mi hueco: el espacio del tiempo recordado.

Es tan fácil recordar, tan difícil olvidar... ¿No es eso lo que dice la canción? ¿O dice...? No recuerdo, lo he olvidado. Recordar es grabar en un idioma u otro. Pero olvidar no tiene equivalencia...

El amor es un dédalo delicado que oculta su centro, un monstruo oscuro.

Teseo, tu nombre es deseo. Ah, Ariadna, no te abandoné en Naxos sino en el Trotcha. Ahora desciendo al bajo mundo del recuerdo para traerte de entre los muertos. Tuve que vadear las aguas del Leteo, río del olvido, laberinto lábil, para encontrarte de nuevo. Caronte, que ya no trabaja en el puente sobre el río Almendares sino que limpiaba por una peseta el cristal que había nublado el salitre del Malecón, me dejó verte. Fue a través de otro parabrisas, esta vez de un taxi, que te volví a ver.

Parecería que ella ha muerto —y es verdad. ¿Es la muerte una extensión infinita de la noche? La muerte hace la vida un coto vedado. Pareciera raro que teniendo esta miniatura (en el sentido de pequeña pintura preciosa) al lado, me entregara a una reflexión sobre el bolero. Sucede que el ensayo lo escribo ahora. Entonces sólo oí la música.

Ella murió. ¿Se suicidó? No, murió de la muerte más innatural: muerte natural. La mató en todo caso el tiempo. Pero lo cierto, lo terrible, lo definitivo es que Estelita, Estela, Stella Morris está muerta. Ahora soy yo el que reconstruyo su memoria. Ella era una persona pero ha terminado convertida en ese destino terrible, un personaje. Hay que decir que ella era todo un personaje.

Ella murió, lejos del trópico, de Cuba. Pero ella no era en realidad del trópico o de La Habana o de esa Rampa donde la conocí —y decir que la conocí es, por supuesto, un absurdo: nunca la conocí. Ni siquiera la conozco ahora. Pero escribo sobre ella para que otros, que no la conocieron, la recuerden. En cuanto a mí, ella fue siempre inolvidable. Pero ahora que está muerta es más fácil recordarla. Y pensar que ella no existe ahora más que cuando la imagino o la recuerdo. Es lo mismo. Podría escribir mentiras, ya lo sé, pero la verdad es suficiente invención.

Digo que no la conocí y debo decir que la encontré; en

la calle, una tarde, cuando era una despistada de los suburbios en el centro de La Habana, perdida. Pero fue para mí un encuentro. Hay un bolero que toca Peruchín que se llama «Añorado encuentro» y eso fue lo que fue. Curiosas las canciones cómo dictan los recuerdos. Néstor Almendros me dijo, cuando vino a visitarme y yo tocaba en mi tocadiscos «Down at the Levy» cantada por Al Jolson, que siempre que oyera esa canción recordaría la sala del apartamento, el sol que azotaba los muebles y las gentes y el mar allá lejos y yo sentado en el sofá, en camiseta, oyendo al viejo Al, Al muerto, Al *Down at the Levy, waiting, for the Robert E. Lee,* que era un barco de paletas navegando Mississippi abajo.

He vuelto a recorrer La Rampa anoche. No era un sueño, era algo más recurrente: el recuerdo. Recordé cuando vine a la calle O (Cero, O, Oh) con Branly. La Rampa era joven y yo también. Pero la esquina con O ya bullía.

La Habana era para mí entonces una isla encantada de la que era a la vez explorador y guía. Por un tiempo también me creía que era un Frank Buck del amor, que entraba en la selva para traerla viva y vivir los dos para contarlo —aunque yo era el único que podía levantar un puente entre el relajo y el relato. La Habana, qué duda cabe, era el centro de mi universo. En realidad era mi universo: una nébula clara. Recorrerla era un viaje por la galaxia. En el cielo había dos soles.

Esta historia no pudo ocurrir cinco años antes. Entonces la calle 23 terminaba en L, y La Rampa no había sido construida todavía. Al fondo, paralelas con el Malecón, estaban las líneas del tranvía y, a veces, se veía venir un tranvía cuyas vías terminaban poco antes del infinito. Por supuesto el Hotel Nacional estaba ahí ya encaramado en un parapeto, pero donde hoy está el Hotel Hilton había una hondonada con un fondo plano de arcilla en que alguna vez vine a jugar a la pelota. Desapareció el campo de juego donde no gané una batalla, para hacerse ese campo de Venus, no de Marte, donde me fue mejor —aparentemente.

Todo comenzó en una tarde de junio de 1957. Hacía calor pero no hacía tanto calor. A ver si me entienden. Estamos pegados al trópico de Cáncer, en la zona tórrida, pero a la ciudad la refrescaba la corriente del Golfo. Ahí tiene millas mar afuera, en el límite de las aguas territoriales. Además estaba el aire acondicionado, tan usual como la música indirecta.

No creo que esté mal que la historia de una mujer empiece con un hombre porque ese hombre no fue de ninguna consecuencia para mí, pero la mujer sí. Además la mujer era entonces una muchacha. Aunque, por otra parte, el hombre, Branly, fue un factótum fatal: Mefistófeles para un joven Fausto. En todo caso fue por Branly que la conocí a ella tan temprano que todavía no tenía nombre.

La cabeza de Roberto Branly asomó por entre la jamba y la puerta que cortaba su largo cuello. La puerta era de cristal nevado y se podía entrever la sombra de su magro cuerpo al lado del letrero que decía:

NOICCADER

Podría haber citado: «Nunca más dispuesta mi cabeza para la guillotina». Pero no era del todo un decapitado porque sus ojos bizqueaban todavía entre el ser y la nada. Ahora trataba de usar una ganzúa verbal para abrir la puerta del todo, aunque nunca estaba cerrada.

—¿Estás ocupado o solamente preocupado? —preguntó con sorna a torrentes.

Era evidente que yo no trabajaba porque tenía los pies sin zapatos sobre el escritorio y escrutaba el cielo raso buscando señales de humo. Hacía rato que hacía salvavidas con mi boca.

—Para nada. Pero no trabajar cansa igual.

—*Me pare*.

Hay que decir que Branly no hablaba italiano, pero Antonioni con su pereza emotiva estaba activo entre nosotros.

¿O era una pavesa de Pavese? Branly era corrector de pruebas («un esclavo de las galeras», decía él) gracias a mi intervención, a mi invención más bien, y trabajaba el estilo de los otros en el altillo sobre la sala de máquinas. Ahora *Carteles*, gracias al humo, era una nave que se iba a pique con el día.

—¿Qué tal si vamos a merendar? —propuso salvador.

Era el teniente Lightoller que no abandonaba su barco sino al que el *Titanic* abandonó antes de hundirse.

—¿Adónde?

No hizo, como antes, una cita de una cita para decir vamos donde la tarde se extiende contra el cielo como una paciente eterizada en la mesa de operaciones. Menos mal.

—A La Rampa.

—Queda lejos.

—Pero es temprano para el ser.

—*Ol'rite*.

Me levanté para salir, no sin antes ponerme los zapatos.

—Listo Arcano, dale Dédalo —cantó Branly.

Era una transfiguración —*Tod und Verklärung*— del lema del locutor eterno que proponía el tema de Arcaño y sus Maravillas: «¿Listo, Arcaño? Dale Dermos». (Dermos era el jabón patrocinador.) Con su voz de terciopelo el locutor también transmitía boleros, después de decir: «Señor automovilista, dedíquenos un botón en la radio de su auto: tiene música adentro».

—Vámonos entonces —propuso Branly— hacia la gloria enferma de la hora positiva.

Branly era a veces un poeta oculto, culto, y no me asombró que citara —*Carteles* era su casa de cítaras ahora— a Eliot más de una vez esa tarde.

—A aprenderse de memoria el laberinto en que uno puede perderse. —Y Branly resultó mejor profeta que poeta.

—Uno y a veces dos —dije yo, pobre aprendiz.

El taxi era un enorme catafalco negro. Fue por eso que el chofer no pudo entrar por la calle O y tuvo que coger por Humboldt hasta Infanta, donde nos bajamos. Caminamos por O hacia el Wakamba. El nombre era seudoafricano, pero era la cafetería de moda adosada al cine La Rampa. Toda esa parte de El Vedado se había vuelto rampante desde que continuaron hace un par de años la calle 23 hasta el Malecón. Estas cuatro cuadras tenían más cafés, cafeterías y *boîtes* por metro cuadrado que el resto de La Habana. Estaban también allí los canales de televisión y las oficinas de publicidad, además del ruido que hacía la gente al caminar, conversar y ver pasar las horas. Había innúmeras mujeres yendo y viniendo. No me fijé bien cómo estaban vestidas, pero supe que eran mujeres porque vi sus faldas —aunque bien podrían ser otros tantos escoceses.

—*Finis terrace* —dijo Branly al bajar de la acera a la entrada del Wakamba.

Entramos y nos sentamos a la barra. Branly pidió un jugo de naranja al camarero, que lo llamó socio como si lo conociera. Nunca se sabe con Branly.

—Éste es el zumo hacedor —explicó Branly.

Pedí lo mío, que era *pie* de manzana y café con leche —que apuré sin saber de dónde vendría mi prisa. Me levanté para irme. Pero vino a sentarse en mi asiento una mujer gorda y con catarro. Ella recogió sus mocos con un suspiro y la silla chirrió por el demasiado peso. De no haberse sentado la mujer gorda con catarro, de no haberla oído hablar, me habría quedado para pedir un café solo como siempre solía hacer de pie. ¿Cuánto se demora un café espresso y tomarlo? Cuatro, cinco minutos, tal vez menos —y nada habría sido lo mismo.

—¿Qué es el plato del día? —preguntó la mujer gorda.

—Los vanos —dijo Branly.

Nos fuimos.

No salimos a la calle O sino que atravesamos la cafetería para subir siete escalones y salir por la puerta del fondo que da a la rampa interior del cine tautológico llamado —¿qué otra cosa?— La Rampa. La decisión se aprobó por minoría. La cafetería, el pasadizo y la entrada al cine estaban limitados por paredes de bronce y cristal que se abrían por un mando mecánico, pero reflejaban, desde lo oscuro, el brillante sol afuera como si fuera una galería de espejos múltiples que inducía, momentáneamente, a confusión. Más allá estaba la calle deslumbrante y la acera como una faja de luz. Hasta ahora todo era topografía, pero comenzaba, sin saberlo, el verano de mi contento. Salí del cine sin haber entrado.

Fue verano por un tiempo, de veras. Luego vino como una degradación y finalmente todo acabó en una suerte (idónea palabra, ¿no?) de infelicidad que duró, como siempre, más que la felicidad. Este estío hubiera sido perfecto si yo hubiera sabido tocar el tres como Branly para colarme en el cuarto creciente más allá del balcón propicio de una damisela encantadora a los acordes de un alud, *laúd* —y ya que soy el narrador tendré que hacer el papel de villano.

Iba yo ya por La Rampa con mis calobares defendiendo mis ojos del doble reflector del Malecón y el mar fulgente, refulgente, como un espejo doble que esperara la reflexión dual de Venus —en su defecto de una venus. Cualquier venus. Tal vez ustedes sepan qué es una venus, pero estoy seguro de que no saben qué son, qué cosa eran los calobares. Eran gafas de sol o mejor contra el sol, de aros de metal blanco las baratas, de oro o plata las más caras: máscaras de cristal verde oscuro que garantizaban la total protección a los ojos nativos del trópico. *Calor bar* quiere decir, creo, barrera contra el calor aunque debiera decir contra el sol. (Pero entonces se llamaría *sunabar*.) En todo caso se llamaban espejuelos calobar. Espejuelos quiere decir pequeños espejos. *Per calobares in enigmata* diría san Pablo Rampa abajo como si fuera rumbo a Damasco —que viene de damas y de asco.

El mar allá abajo era del color del cielo sin nubes, sólo que era denso, intenso. Estaba además mechado de otros azules que eran estrías esmeralda, azul cobalto, azur, azul y, al fin, marino.

Al fondo, el Malecón era un telón pintado de recortado que se veía el paisaje marino. El Malecón y el muro eran de color arena que parecía una playa de cartón piedra aunque era de doble cemento armado. Ahí en el Malecón terminaba La Habana. El resto es el mar.

Fue cuando la vi por vez primera. Era rubia. No: rubita. Ella estaba allí a la sombra, pero el pelo, el cutis y sus ojos brillaban como si le cayera un rayo de sol para ella sola. Estuvo allí y allí estaba. Ocurrió hace más de cuarenta años y todavía la recuerdo como si la estuviera viendo. Desde entonces, no he dejado de recordarla un solo día, envuelta en un halo dorado como si fuera una sombrilla de oro, detenida un instante en el espacio para detenerse para siempre en el tiempo. Vestía modestamente o tal vez fuera un uniforme, no de escuela sino que vestía de blanco. Pero cuando pasó a la sombra su vestido se volvió traje sastre y no era blanco, sino de color arena clara. Nos vio mirándola y casi pidiendo ayuda dijo:

—Busco el número uno.

—Ése soy yo —dijo Branly.

—No, el número uno de la calle.

Me dio cierta pena su tono que era y no era una petición.

—Ése es el número uno —le dije señalando al edificio detrás de ella.

—Busco a alguien llamado Botifol.

—Beautiful —dijo Branly.

—Botifol —dijo ella después de mirar un billete en su mano.

—Se escribe Botifoll pero se pronuncia Beautiful.

Decidí intervenir.

—Tienes razón, se llama Botifoll y creo que sus oficinas están en ese edificio —dije volviendo a señalar detrás.

Su melena corta, rubia, suelta se movía con el aire o tal vez seguía sus movimientos de cabeza, ladeados, vivaces, ella se veía como una mujer muy joven que se sabía muy vieja o una muchacha que acababa de hacerse mujer. Todavía recuerdo sus zapatos de tacón mediano que parecía que llevaba por primera vez. Pero su sonrisa, de este lado del mar, era como una espuma rompiente de sus dientes, más allá de sus labios gordos. Esa visión primera fue realmente subyugante. Ella era encantadora pero yo era el encantado. La brisa nos envolvía como una crisálida, pero ella era la mariposa volando entre Branly y yo y la gente que se apartaba para pasar por el lado. Era una mariposa diurna, con sus alas que era su pelo moviéndose horizontalmente como si quisiera posarse y no tuviera tiempo. La mariposa, un efecto alucinante más, hablaba.

—Está bien —dijo ella, y se dio vuelta.

Era tan pequeña de espaldas como de frente. Volvió a volverse:

—En realidad busco el Canal Dos.

—Vas a necesitar un televisor —dijo Branly impostergable. Él diría impostor Gable.

—Eso es —dijo ella—. La televisión. Buscan una recepcionista.

Había tanta seriedad en su respuesta, tanta inocencia en su voz atiplada por el esfuerzo, que me dio vergüenza ajena.

Ajena por Branly, y cuando dijo al final:

—Nos movemos.

—Que encuentres lo que buscas —le dije.

¿Era una gentileza más o un deseo?

—Eso espero —me dijo, y la dejé ahí en la acera.

Dimos la vuelta buscando Infanta por la calle P, donde estaba todavía el catafalco convertido en taxi. No parecía esperarnos pero entramos en él y nos fuimos Infanta abajo. Por el camino pensé, casi un reflejo, en aquella muchacha, muchachita más bien, que buscaba. Sentí una especie de dolor de muelas donde no había muelas. O un catarro sin virus.

—¿Pasa algo? —me preguntó Branly.

—¿Cómo?

—Que si ocurre algo.

No reaccioné de inmediato al decirle:

—Creo que dejé algo en La Rampa.

—¿Como qué?

Moví una mano para decir:

—No tiene importancia.

Pero sí tenía.

—Olvidé algo saliendo del cine.

—Pero nunca entramos en el cine.

Puse una cara de circunstancia.

—¿Quieres que regresemos? Todavía hay tiempo —dijo Branly.

—Voy a regresar solo. No te preocupes.

—¿Ahora?

Cuando salía del catafalco sufrí un mal paso y por poco me caigo entre el contén y la acera. No me gustan las caídas: pueden ser un aviso. Pero a ese tropezón no le di ninguna importancia. Craso error. Pagué el regreso y decidí volver. Caminaba casi cojeando a la esquina cuando Branly me atajó:

—Eh. Es aquí. ¿Adónde vas?

—Voy a coger este taxi y regresar.

—¿Regresar adónde?

—Tengo que volver a La Rampa. Voy a ir con Wempa.

—¿Y qué vas a hacer allá?

—No lo sé todavía.

Abrí la puerta del taxi. Branly siempre me decía que iba a encontrarme con el diablo en un taxi.

—Vas —dijo Branly— a encontrarte un día con el diablo en un taxi.

¿Qué les dije? Entré y cerré la puerta para enfrentarme al taxista. El diablo estaba ya dentro.

Estaba, maldición, en este taxi o máquina de alquiler, la obscenidad al volante de Cara de Pargo, aferrado al timón, sentado esperando obviamente. A su lado (siempre me sentaba en el asiento delantero al costado del chofer: ¿aspiraciones de copiloto o pretensiones democráticas?) estaba yo, listo para emprender el viaje con este que quería ser mi hermano, mi igual, mi nada hipócrita conductor. Su cara era su alma. Casi se lamía los labios, gruesos y rojos salientes de su cabeza obesa. Era todo lo que veía de él, lo que vería siempre: sentado frente al timón, los ojos púrpura y escarlata. Era un cuerpo trocado en cabeza, como si lo hubiera decapitado una guillotina moral.

—¿Adónde vamos a parar, jefe? —me preguntó.

—A Infanta y 23.

Me alegró que no contestara esta vez Wempa, como apodaban en la revista *Carteles* a este libertino sin tino, con una sola palabra que quería decir lo que él decía: que era muy bueno en la cama. Resultaba tan aburrido como toda literatura erótica aun en forma oral.

—Eso es la rampa moñuda, jefe —me aseguró, y yo asentí porque todo lo que quería era que fuera a toda máquina, que avanzara hacia mi meta y que corriera y que no ocurriera lo que por poco pasa.

Ahora este repugnante era mi cómplice, un improbable y leproso Leporello. De él dependería que yo llegara a mi cita que no era cita todavía. No se lo dije. ¿Para qué? Se extendería de nuevo en sus relatos, como decía Branly, morosos, mamosos. ¡Avanza, Lincoln, avanza, que eres toda mi esperanza! Pero no era un Lincoln, era un Mercury, la máquina, el coche, el auto que no parecía avanzar más allá de Carlos III. ¿Sería posible?

—Es que hay un tranque —me explicó, súbitamente técnico— ahí alante.

Interesante adelanto de información. Debía de haberlo dado a una agencia de noticias, porque cualquiera podía ver que había un estanco ahí delante.

No dije nada pero les digo a ustedes que mi relación con el taxi o con los taxis es larga y fructífera. Pero puedo jurar sobre la Biblia o las obras completas de Shakespeare que aquél fue el primer taxi que noté, no anoté, que me llevaba adonde quería, que obedecía mis órdenes: fue aquel día, aquella tarde. La memoria, como ven, también es selectiva. Todos somos hijos de Proust y Celeste Albaret.

—Se ve que hay un apuro —dijo Wempa, y atravesó las calles transversales como un bólido saliendo del infierno.

Pero mírenme a mí corriendo como un desesperado hacia el éxtasis —o eso esperaba yo. Fue entonces que este degenerado que pasaba por ser mi vehículo se volvió desa-

fiando las leyes de todo tránsito, que son más rígidas que la
ley de la gravedad, para decirme con su boca más torcida
que su cabeza:

—Todo autor perecerá.

—¿Cómo? ¿Qué dice?

—Quel auto es una pecera.

Ni le hice caso. Todo lo que le dije fueron instruccio-
nes para que metiera su hocico entre otros vehículos. Lo
que hizo fue detenerse bruscamente delante de una pared
blanca. ¿Se acababa la calle y la carrera? No, estábamos
justo detrás de un autobús blanco de la línea tautológica
de Autobuses Blancos. Salí disparado del taxi —no sin antes abrir la puerta. Corrí diciéndole al chofer que le paga-
ba mañana y mientras Cara de Pargo juraba que no había
problema iba ya yo corriendo hacia mi destino habanero cuando Wempa me decía todavía, me gritaba más bien,
desde dentro del taxi:

—El que la sigue, la mata.

Al subir a la acera, casi llegando a la esquina, una muchacha rubia estaba a punto de subir al vehículo blanco.
¡Era ella! Con un pie ya en el estribo, la otra pierna con su
pie sobre el contén, una mano sujeta a la puerta, la otra a
punto de coger la manija pero todavía al aire tibio de la
tarde temprana, por lo que le grité ¡No! (No tengo tiempo
ni siquiera para las comillas.) Ella se volvió hacia mí y al
mirarme no pareció reconocerme.

—¿Qué cosa?

—No. Te. Vayas.

Fue ante mi grito de paz que ella soltó la agarradera, se
separó del autobús y puso los dos pies en la acera, la punta
de uno de sus zapatos —eran Cuban Heels— concando le-
vemente el borde del contén, mientras el otro pie perma-
necía firme detrás. ¿Hablaría latín? Yo. Porque en esos mo-

mentos suelo ser Spinoza (no hay narración sin Spinoza) y me alargo, me largo hasta el autobús para cogerla por un brazo porque se había creado entre ella y yo un vacío y mi naturaleza aborrece espinosamente el vacío: la escuela siempre deja secuela.

—Toda. Vía.

—¿Es conmigo? —preguntó ella.

—Sí —dije en la acera junto a la puerta trasera.

Ahora alguien habló desde dentro y ella comenzó a separarse del contén, y él de ella: el enorme autobús, ya no un vehículo ni un vínculo. Cerró la puerta con un fuerte suspiro y, ballena blanca, arrancó: el motor ahogando infelizmente mis palabras:

—Que no te vayas.

—¿Y por qué?

—Porque soy contrario al olvido.

El autobús felizmente ahora ahogó mi ergotema con su ruido. Me acerqué para copiar. Copiar quiere decir aquí tomar nota. Copié su corto cuerpo cálido. Ella no se conmovió, ni siquiera se movió, hecha una estatua de sol. ¿Por qué no lo hizo? O mejor, ¿por qué lo hizo? Nunca lo supe y ella jamás me lo dijo. Pero fue un momento en el momento. ¿O fue un mandato superior? Ella nunca debió haber dejado de coger su autobús. Ese acto fallido la perdió y me ganó. De haberse ido entonces nunca la habría vuelto a ver, perdida ella en el tráfico, yo en el tráfago. Sabía, porque me he visto en el espejo, que tendría que ser ameno, divertido y volverme una especie de maestro de ceremonias de mí mismo.

—¿Qué buscabas?

—Una dirección.

—Ya lo sé, pero para qué.

—Buscaba un trabajo. Anunciaron que querían una recepcionista. Imagínate, yo de recepcionista. Enseguida me cogieron.

—Te dieron el trabajo entonces.

—¡Qué va!

—Como dices que te cogieron...

—No me cogieron para el trabajo, me cogieron porque mentí.

—¿Dijiste una mentira?

—Sobre mi edad.

—Pero eres demasiado joven para trabajar.

—No creas.

—Se te ve enseguida.

—Vamos a dejarlo ahí, ¿quieres?

—Si te molesta, puedo decirte que eres vieja.

—No me molesta, pero prefiero no hablar de mi edad. ¿No puedes hablar de otra cosa?

—Sí que puedo. Puedo por ejemplo recitarte el poema de Parménides.

—¿Quién es ése?

—Un poeta muy viejo con barba muy larga

—No me interesan los viejos.

—Puedo decirte en cambio que la noche está estrellada y a lo lejos tiritan los astros.

—¿Qué astros, por favor? El sol ni siquiera se ha puesto del todo.

—Bella, qué sabes de astronomía.

—¿Yo? Ni siquiera sé por qué se pone el sol. Además que mi nombre no es Bella.

—¿Cómo te llamas entonces?

—Estela.

—Ah, hemos vuelto a la astronomía. Estela es Stella y Stella quiere decir estrella. Eres Estrella, entonces.

—¿De veras?

—De veras. Puedes llamarte Estrella.

—Prefiero llamarme Estela.

—Estela es lo que dejas detrás.

—¿Cómo te llamas tú?

—Me llamo como todo el mundo —le dije y le di mi nombre.

—¿Así se llama todo el mundo?

—Casi. Y tú, ¿cómo te llamas?

—Me llamo Estela.

—¿Estela a secas?

—No, mi apellido es Morris. Estela Morris.

—¿Tú no serás judía?

—¿Judía? ¿Qué cosa es eso?

—Polaca.

—¿Tú crees que yo tengo cara de polaca?

—No, pero bien podrías ser judía.

—No, que yo sepa.

—A lo mejor tu padre.

—Mi padrasto.

Dijo padrasto en vez de padrastro. Pedante que soy iba a corregirla cuando me dijo:

—Podemos cambiar de tema.

La cogí del brazo para cruzar la calle. Se dejó llevar hasta la acera, pero decidí cruzar otra vez la otra calle. Me detuvo el intenso tránsito. Esta esquina de Infanta y 23 necesitaba un semáforo porque era un riesgo atravesar esas calles. La llevé del brazo sin necesidad de atravesar ninguna calle, porque ahora allí estaba el largo edificio de La Rampa, con su restaurant Delicatessen y más allá el Dutch Cream, donde vendían una especie de helado y lo atendían unas muchachas vestidas dc holandesas —o lo que el dueño creía que eran campesinas holandesas. Un poco más allá estaba el edificio *art-déco* del Ministerio de Agricultura.

Volví a ese plano inclinado de La Habana, pero ahora iba por la acera opuesta al cine La Rampa, subiendo, y cuando llegamos a la calle O torcimos, la torcí yo a ella, para subir hasta la entrada del Hotel Nacional.

El sol se pone todos los días, mañana como ayer, pero ella estaba ahí ahora, caminando a mi lado, cálida como la tarde, y ella era el presente. *Carpe diem*, me aconsejó una voz antigua —y eso hice. Nada de mañana y mañana para mí sino hoy, hoy, esa palabra que puede ser un hoyo pero que era, en ese momento que dura más de un momento, una suerte de eternidad. Ah, que el día se estire en una tarde larga, en una noche que no acabe, que venga la madrugada sin gallos que canten, con gorriones piando urbanos en cada esquina, vivos, pero indiscernibles como seres humanos.

Entonces llegamos a la entrada del jardín, franqueando el portón como si fuéramos huéspedes ansiosamente esperados, visitantes del crepúsculo que habíamos pasado bajo las palmeras y junto a la estatuilla de bronce verde por el agua de la fuente, de la que era anuncio y emblema y a la que celebraré un día como manantial de la noche. Pero ese día, ese largo día de junio, acababa en un crepúsculo (porque no era un atardecer cualquiera) aparatoso, cuya pirotecnia se veía en el otro horizonte del otro mar, mientras la calle en declive se volvía malva, gris, azul en contraste con los oros y rojos del poniente.

Sé que todo esto me hace parecer un impresionista tardío, Pissarro, pintor celebrador de la ciudad luminosa bajo un sol pálido. Pero era así como veía a la tarde (que apenas me importaba) convertirse casi en la noche que yo quería, que buscaba y que iba a encontrar pronto: en el trópico el día termina, como algunas relaciones tropicales, abrupto, súbito y definitivo. Pero todavía quedaba luz.

Le propuse que nos sentáramos sobre el césped.

—Mi madre —me dijo— no me deja sentarme en la yerba. —Pero con la misma se sentó sobre la yerba recién cortada. Olía a heno. Me senté a su lado.

—¿Qué es eso? —preguntó ella, y yo me volví—. ¿Una estatua?

Vi solamente uno de los viejos cañones emplazados al borde del jardín, apuntando a un mar indiferente.

—No, es un cañón.

—¿Un cañón? ¿De guerra?

—Fue. Ahora es un cascarón pintado de blanco. No hay cañones de guerra blancos.

—¿De veras?

—A no ser que sean de las Naciones Unidas. Ese cañón es más inofensivo que yo.

Me reí. Ella sólo se sonrió. Muchacha crepuscular, verbo del véspero.

La tarde ya se alejaba y comenzaba a caer la noche, pero en medio estuvo el crepúsculo de aparatosos colores. La miré. De cerca ella bizqueaba un poco y se veía muy joven, casi una muchachita. Decidí ser íntimo.

Miré con una de esas miradas inútiles mías, pero esta vez vi un fenómeno de la naturaleza —o más bien de la noche. Era un medio globo naranja apenas velado por unas gasas grises. Era la luna surgiendo del mar como otra Venus.

Esta visión de Venus surgió luminosa del mar, de la corriente del Golfo, que es nuestro mar Mediterráneo. Ahí estaba detrás de ella, más mar de fondo que telón de boca, ella luciendo joven, bella, iluminada.

De pronto me volví para ver cómo la luna se reflejaba en su cara. Ella no era Afrodita pero me enamoré de ella. (Que no se piense que me enamoro fácilmente.) Pero parece mentira que no hay más que mirar a la luna surgiendo del Atlántico para enamorarse. En todo caso me pasó a mí y nada más salir la luna del mar le cogí a ella una mano, se la dejó coger. O al menos no opuso resistencia.

El sol no se puso sino que cayó con violencia de equinoccio. Ahora, de pronto, estábamos entre dos luces y luego en la oscuridad que permitía hacer faros de los autos en el Malecón y el alumbrado público fulgía allá arriba, y más arriba, enfrente, las ventanas iluminadas desde los apartamentos altos y más altos que los edificios las innúmeras estrellas: noche que se desmaya sobre La Habana, noche tropical.

—¡Cuántas estrellas!

—Ésa —apunté a una estrella solitaria— es Venus.

—¿Sabes de astrología?

Me sonreí, hijo de puta que soy.

—Sí —le dije—, no soy astrólogo, pero soy colega del profesor Carbell, astrólogo oficial de *Carteles*.

—Mi madre lo lee mucho.

—Al profesor Carbell, nacido Carballo, no hay que leerlo, hay que consultarlo.

—Eso hace ella. No hace nada importante si las estrellas no le son favorables.

—El profesor dice que las estrellas inclinan pero no obligan.

—Díselo a mi madre.

—En cuanto la vea, aunque no prometo nada. No soy la voz de la profecía.

Más allá del Malecón y del horizonte, una bola color naranja, con unas nubes que colgaban de ella. La luna de los caribes. Ella la miró para decir:

—Parece un sol.

—Un sol que brilla a medianoche.

Ella se tensó, alarmada.

—¿Es ya medianoche?

—Es temprano. Era una cita.

—No lo hagas más que me asustas.

—La noche es bella —dije—. ¿No te gusta?

—Me da miedo.

—Siempre amanece.

—Me veo muerta de noche.

—Tú eres inmortal.

—Dame un beso —pidió ella.

La besé. Nos besamos, con los labios apretados, cerrados, sellados. Si le hubiera abierto los labios con mi lengua obscena tal vez no le gustaría. Besarse es más complicado de lo que parece. Besos que educan, besos que caducan.

Era una noche sofocada por la luna. Todo alrededor era nocturno y yo era nocherniego más que noctámbulo ahora porque estaba sentado en la yerba y no tenía ninguna gana de vagar. Es mi turno nocturno. Ambulaba noctívago muchas veces mientras abría las puertas de la noche. Pero ahora estaba junto a ella. Ah, esta Estela.

La luna es un afrodisíaco ambulante, cité al verla sobre las irreales torres del hotel convertidas por el pálido fuego de su luz, en las torres del Ilium. «*O lente, lente currite noctis equi*», casi declamé.

—¿Qué cosa?

—¿Qué qué?

—Qué dijiste.

—Lentos, lentos, corran oh caballos de la noche.

—¿Qué cosa es eso?

—Un verso.

—¿Tú haces versos?

—Yo no. Un amigo mío que se llama Ovidio.

—¿Ovillo? ¿Qué clase de nombre es ése?

—Es un nombre latino.

—¿Latinoamericano?

—No diría tanto.

La luna estaba ahí arriba iluminando los jardines como si fuera un día noche: la yerba plateada, las flores eran todas azules, los cañones se veían lívidos. Fue entonces que ella dijo oyendo yo su voz de tiple por primera vez. Ya aprendería que hablaba así, casi con un hilo de voz, cuando estaba emocionada —o alterada.

—¿Te gusto?

—Me gustas.

—Júralo.

—Te lo juro.

—¿Por quién?

—Por ti, por todo. —Y sin tener que señalar con un índice al cielo, le dije—: Te lo juro por la luna.

—No, no jures por la luna.

Fue entonces que comencé a citar «Swear not by the moon».

—¿Qué es eso? Yo no sé una palabra de inglés.

—Shakespeare, *Romeo y Julieta*.

—¿Tú sabes que conocí a un hombre llamado Romeo? Cómico nombre.

—También trágico nombre. Conocí a unos gemelos, hembra y hombre, que se llamaban Romeo y Julieta. Eran inseparables. Murieron los dos casi al mismo tiempo.

—¿Se envenenaron?

—No, de tuberculosis, la enfermedad romántica.

—Mejor que murieran envenenados.

—Mejor que no murieran porque eran jóvenes, ilusos y bellos.

—Entonces fue muy bien que murieran.

Me tendí a todo lo largo pero puse mi cabeza en su regazo.

—¿Qué haces?

—Convierto el césped en mi cama. Serás mi almohada.

—¿Estás loco?

—Desde aquí se ven mejor las estrellas.

—Levántate, por favor.

—Y la luna de noche.

—*Please!*

—No hablar inglés.

—¡Por favor!

Quité mi cabeza para ponerla en la yerba. Mi cama. Como Auden, poeta pederasta.

—Haces las cosas más locas.

—Locas todas por ti.

Entonces y del otro lado de la bahía, de la fortaleza de La Cabaña, partió un fogonazo que se hizo pronto un fragor, un ruido que avanzó por el Malecón hasta este otro bastión.

—¿Oíste eso?

Claro que había oído.

—Ese estruendo.

—Es mi corazón que late.

—No, no. Era el cañonazo de las nueve. Ya son las nueve.

—Es temprano.

—No, es tarde. Es muy tarde para mí.

—Los polvos Paramí.

—Es tarde y tengo que regresar a la casa antes que mi madre. Si no, me mata.

—A menos que...

—¿A menos que?

—Nada, nada. Es una frase para llenar el espacio vacío.

—Tienes una mente caliente —dijo ella.

—Se dice mente calenturienta.

—¿Me estás poniendo en mi sitio?

—Gramatical solamente. Aunque tu sitio real está en otra parte, en la ribera del Almendares.

—Dices las cosas más raras.

—Es el amor.

—¿Cómo puedes hablar de amor si apenas me conoces?

—Así es el amor. Ciego como Bach, sordo como Beethoven, muengo como Van Gogh.

—Uy. Tanta gente.

—Voy a explicarte. Bach era marido de Anna Magdalena, Beethoven se volvía loco con su sobrino, Van Gogh se hizo el loco por Gauguin.

—¡Dios mío! Me matas con tu agrupación. ¿Cómo dijiste que te llamabas?

¡Las mujeres! Ni siquiera recordaba mi nombre diez minutos después de haberme conocido. Se lo dije.

—Es un nombre largo. Te advierto que no soy muy buena con nombres.

—Eso me pareció.

—¿No tienes otro nombre más corto?

—Puedes llamarme G, como me llaman algunas mujeres. Otras me llaman Gecito. Escoge tú que yo respondo.

—¿Qué cosa eres?

—Crítico de cine.

—¿Y eso qué cosa es?

—Un oficio del siglo veinte.

—¿Cómo, cómo?

—Nada, nada. No es más que un título. Menos que eso. En todo caso no es duque ni es conde.

—No te entiendo una palabra.

—No tiene la menor importancia. Como decía Arturo de Córdova. Y por favor no me preguntes quién es ése.

—¿No es un actor?

—No es tan tarde. Ya ves.

—Tienes el reloj del anuncio, ¿no?

—¿Cuál anuncio?

—Ese del barbudo en el Polo. Es ése, ¿no?

—Es un explorador en el Ártico que no se afeita, pero tiene la hora.

—¿Por eso lo compraste?

—¿Tú me ves con barba entre las nieves perpetuas?

—No te veo con barba en ninguna parte.

—Soy imberbe.

—¡Cómo usas palabras raras!

—Pero no creo en Barba. Jacob o no.

—Dime, ¿tú vivirías en otra época?

—¿Cómo así?

—En otro tiempo.

—No creo. ¿Y tú?

—No —dijo ella, enfática.

—¿Por qué no?

—Porque si hubiera nacido antes ya estaría muerta.

—Capito.

—¿Qué cosa?

—Kaputt.

—Ay, Dios.

—Considérame un políglota. Quiero decir alguien que habla lenguas.

—Dios mío.

Me miró. Nos miramos.

—Ahora sí es tarde.

—Es más temprano de lo que parece. ¿No oyes la intensidad del tránsito?

—Oigo un silencio.

—Oye más. Se puede oír el viento moviendo las aspas de las palmeras, el tráfico en la calle 23, las bullas de los autos en el Malecón.

—¿Oyes todas esas cosas?

—Se oye más. Se oye el tranvía rodeando el promontorio.

—¿Cuál promontorio?

—Éste.

—¿Cuál tranvía? Ya no hay tranvías.

—Pero queda el recuerdo. Si oyes lo bastante, los oirás chirriar sobre las líneas y el chasquido del trole arriba.

—No, en serio. Es muy tarde.

—No para el amor. Es temprano para los dioses.

—¿Qué cosas dices?

—¿Cómo vas a irte ahora cuando todo empieza?

—Es muy tarde. Mi madre.

—La noble anciana.

—No es nada anciana.

—Noble es entonces.

—No es nada de eso, pero no quiero confrontarla.

—Afrontarla.

—Eso. Como se diga. Es una verdadera harpía.

—¿Toca el arpa?

—¿No se dice así?

—Se dice pero sin hache.

—Entonces eso es ella. Una arpía. Además de no ser mi madre en realidad.

Era su primera revelación.

—Yo soy su hijastra.

—Ella entonces es la madrastra de Blancanieves.

—Eso es. Es mala, mala. Es peor.

—Pero es.

—Ella se pone frente al espejo no para preguntar sino para decir que es la más bella de la casa.

—Una vez conocí a un hombre llamado de la Bella Casa.

—¿Y eso a qué viene?

—A nada. Es una digresión.

—¿Una qué?

—Digresión, lo que se dice al margen.

—Me apabullas con tu vocabulario.

—Del bocaburlero. ¿Qué me dices de tu madre?

—Que no quiero encontrarme con ella a mi regreso. Me tengo que ir ahora.

Ella estaba ahora casi erguida.

—Tengo que irme. De veras.

Se iba.

—¿Cuándo te volveré a ver?

Hay preguntas que suenan a boleros. Lo que no es grave. Lo grave es cuando también las respuestas suenan a boleros.

—No lo sé —menos mal—. ¿Mañana? —mucho mejor—. ¿Por qué no me acompañas hasta casa?

—¿Dónde queda eso?

—En Marianao. En Las Playitas. Detrás de los perros que corren.

Ella quería decir el cinódromo, el canódromo, los galgos que corren tras una liebre de mentira.

—El cinódromo.

—Eso es.

—Queda lejos.

—Queda lejísimos. Pero si no quieres...

—Quiero estar contigo. —Sólo faltaba decir mi bien para completar otro verso de boleros.

—¿Nos vamos entonces?

—Nos vamos. —Ése era Branly hablando por mi boca.

Antes de levantarme saqué mi peine. No es fácil hacerlo en la oscuridad. Pero ¿y la luz de la luna? No es tan buena para peinarse como la luna de un espejo. Del bolsillo delantero de mi camisa extraje una cajetilla de LM no sin antes ofrecerle uno a ella.

—No fumo —me dijo, firme.

—Allí fumé —le dije.

Pero era muy tarde para el verso, pero no para el beso. Me acerqué a ella y la besé. Pero entre ella y yo se interpusieron mis espejuelos, gafas o lentes. Me los quité. Desde entonces no vi más que sus ojos extrañamente abiertos.

—¿Por qué haces eso? —me preguntó casi sin preguntarme.

—La cigarra sólo vive un verano, pero menos el cigarro. De acuerdo con la etimología. Entomología.

—Me apabullas con tu vocabulario. ¿Nos vamos?

Arriba las palmeras de la guardarraya del hotel se agitaban como banderas verdes que daban paso al amor. En la acera de enfrente, por la calle O, los faros de los automóviles a través de los árboles y después de dejar las ramas impresas reptaban por las paredes como lagartos de luz. Al otro lado, el hotel, enorme en su armonía, se veía elegante y remoto. Sólo las palmeras eran reales. Al revés de las fábulas, cuento este cuento sin la esperanza de una moraleja. Recordé a Diderot cuando dijo, adelantado, «*Ceci n'est pas un conte*». Esta novela no es una novela y la posible moraleja se aleja, se aleja. Clemente la noche era fresca, pero yo, más fresco, fui inclemente. Le solté de pronto:

—¿Nunca usas ajustador?

Ella abrió sus ojos que de grandes se hicieron enormes: sólo la pregunta había sido una sorpresa:

—¿Cómo lo sabes?

En vez de preguntarme debió insultarme, irse. Pero todo lo que hizo fue preguntarme a mí cómo sabía yo lo evidente. Que se quedara a mi lado, que no me abofeteara, que sólo me hiciera esa pregunta era muestra de que podía avanzar sin la máscara del eufemismo: *larvato, larvato*. Era, qué duda cabe, una frescura. Prodeo.

—Lo sé —le dije.

—¿Se me nota mucho?

—A veces.

La historia del amor es la biografía de dos o tres muchachas a la moda. Ninguna mujer respetada o respetable entonces dejaba de usar sostén. De las que conocí por este tiempo sólo Estela dejaba sus senos al aire bajo la camisa, visiblemente. Fue lo que de veras me sorprendió al encontrarla, antes de conocernos. Lo vi enseguida: tengo los ojos adiestrados para estas miradas, me interesa más lo mirable que lo admirable.

Volvía a caminar la calle limpia y bien alumbrada, cruzada de calles en sombra. Ella iba a mi lado. Ella era Estela Morris. Ella era, creía, el amor. Yo era el objeto de la nueva y eterna experiencia. Bajamos por la calle O hasta 23, la esquina marcada por una exhibición de autos ingleses: Austin Healy, MG (las iniciales son inolvidables), etcétera. Caminamos por 23 arriba para pasar por delante del edificio Alaska y enfrente, cruzando la calle, estaba la vidriera de Chryslers y Cadillacs. Seguimos por el costado del edificio Radiocentro, esa ballena varada en la costa. Allí, en la esquina, estaba como todas las noches el Artista Cubano, que no era más que un pobre atarantado que hacía música, o eso creía él, con un pedazo de papel de seda sobre un peine viejo, y la especie de trompeta china que producía escalas apenas pentatónicas era un chirrido constante, mientras el músico, de alguna manera hay que llamarlo, decía y repetía: «¡Cooperen con el Artista Cubano!», entre zumbidos de su trompetilla modificada.

Cruzamos por el semáforo de 23 para atravesar la calle y esperar esa guagua de la ruta 32 que nos llevara hasta lo que me parecía entonces nuestro destino. La guagua, un flamante ómnibus GM, no tardó en venir y entramos por fin en ella. Todo el trayecto no hice más que mirar su perfil, a veces interrumpido por su mirada lánguida. Le cogí una mano y ella se dejó. De veras que quedaba lejos su casa, pero yo estaba encantado con el viaje. Se había hecho tarde y yo debiera haber comido. Pero el amor —¿era de veras el amor?— quita el hambre. No tenía una gota de hambre. La guagua finalmente nos dejó a la entrada del camino de Santa Fe.

La luz de los arcos voltaicos era como un nimbo para la profusión de alaridos que venían del cinódromo. Su casa quedaba a un costado. Entre otras casas. Bungalows más bien o más bunga que low como diría Branly y yo repito con mi manía de repetir lo que dicen mis amigos. Ella, Estela, Estelita, era tierna como la noche y cuando abrió la puerta entró antes que ella la luz de la luna. Ella encendió la luz de la sala. Me dijo que pasara y me sentara, ella volvería en un instante. Me senté y frente a mí quedó un retrato central sobre una mesa baja. Era de una especie de piloto porque mostraba sus alas en las solapas. Cuando regresó a la sala me dio un hambre súbita. Me puse en pie.

—Vengo enseguida.

—¿Adónde vas?

—Ya vengo.

Salí a la calle. Me sentía muy bajo y a la vez extrañamente exaltado. No soy tonto pero me enamoro como un bobo. Ahora ella me había convertido en un asno. Mi metamorfosis era completa. El amor es una poción Jekyll, Jacout.

Ahora cruzando la avenida de Santa Fe, yendo hacia el *picking chicken* al otro lado del reparto, caminando por las aceras nuevas me sentí alto y fuerte y lleno de un valor que crecía con la noche. ¡Vengan, tipos! ¡Quiero partirles esas caras extrañas! Afortunadamente, no vino nadie, ningún carro se enfrentó a mí y los molinos de viento de la noche no se convirtieron en gigantes. Cuando llegué al *picking chicken* compré dos pollitos fritos en sendas cajitas de cartón. Volví caminando sobre la bola de los pies. Era un caminado casi atlético. Me sentía bien. Tal vez demasiado bien. Cuando llegué a la puerta estaba cerrado. Toqué, primero suave, después duro. Una voz dijo desde dentro:

—¿Quién es?

Era ella.

—Yo —le dije con mi temor de siempre a identificarme por mi nombre.

—Ah.

Sonaron cerrojos, cerraduras y pestillos y finalmente apareció su cara por la misma rendija de la puerta. Por fin abrió la puerta. Ella estaba vestida ahora con un bobito transparente, también llamado *baby doll* por culpa de la película del mismo nombre de Carroll Baker —a la que no se parecía nada.

—¿Qué pasó?

—Compré estos pollos.

—Creí que te habías ido.

—Como ves, vengo.

—Entra, entra.

—¿Y tu madre?

—No está todavía, pero más miedo les tengo a los vecinos.

Entré y me senté frente al retrato del piloto.

—¿Quién es ése?

—Mi novio.

—Buen tipo —le dije.

No me iba a dejar arrollar por una fotografía.

—Buen comemierda —dijo ella con énfasis.

—¿Ah, sí?

—Es el novio de mi madre, pero tanto me lo metió por los ojos. Es lo que se llama un buen partido.

—¿De veras?

—No es el novio de mi madre, pero se supone que sea mi novio.

—Buen tipo. —Eso era lo que salía de mi boca.

—Es, te digo, además, aviador. De Cubana.

—¿De veras?

—Su hermano también es aviador.

—Deben ser los genes.

En vez de contarme su vida me puso en las manos lo que era un álbum con fotos de familia, que siempre son un museo privado. Comenzaba el paseo por una galería de fotos con un espectáculo matrimonial y terminaba con un fin de fiesta por toda la compañía.

—¿Ésta es tu madre?

—Sí y no.

—¿Cómo se come eso?

—Es mi madre pero no es mi madre. Ya te dije.

Los errores son terrores cuando no los olvidas. Por supuesto no le dije eso sino que comía despacio y miraba raudo sus muslitos sorprendidos.

En la sala, central, había un espejo prominente, de estilo —¿victoriano, eduardiano, modernista?— ornamental con el marco dorado. Me asombró verlo sin verme porque en casa el espejo estaba en el baño o en un cuarto, escondido dentro de un armario, de tres cuartos.

—Es la joya de esta casa —dijo Estelita—. Después de esta segura servidora.

—¿Y ahora qué?

—Ahora te vas, que mi madre está al regresar.

—¿Cuándo nos volveremos a ver?

—Mañana, aquí en la playa, a las tres.

—Está bien.

Me iba.

Me dio un beso. Sabía más a canela que a pollo frito.

En el césped ahí al lado una regadera mecánica daba vueltas tratando de imitar la lluvia. La yerba, de doméstica que era, parecía convencida de que la lluvia simulada caía del cielo. En otro lugar, por debajo o por encima del murmullo del agua, sonaba un piano con alguna melodía tardía, y un letrero luminoso, rojo y blanco, anunciaba una casa con nombre de río: Quibú. Nunca me pareció que iba a ser más una señal que la noche. *In hoc signo.*

La noche no era cíclica, pero sí el surtidor. Noche en los jardines de Estela: parco Edén, poca noche.

Debía de haber algún letrero, pero no había ni siquiera una admonición ritual de NO PISAR EL CÉSPED. No vi nada. La noche insular hace no sólo todos los jardines invisibles, hasta su aviso es invisible.

De regreso a la calzada era más tarde de lo que creía. No pasaban ya los autobuses ni había un taxi a la vista. Sólo vendría ahora la guagua como ánima sola, cada hora. Cuando llegó no hubo que esperar a que abriera la puerta que estaba a esa hora siempre abierta. Al subir, el chofer me recibió con una certidumbre habanera, a esa hora.

—Te cogió la confronta, asere.

Me dijo y tuve que decirle: «Así parece», agradecido porque este personaje popular de la madrugada no había hecho la menor referencia al perseguido y su víctima.

Pero dijo algo que era más memorable que la madrugada:

—Envaina tu espada, ecobio, no sea que te la llene de orín el rocío de la noche.

Fue entonces que advertí que era negro. Otro Otelo, sin duda.

Atrapa el día —o más bien la noche. No, el día. El día entero. Márcalo con una piedra blanca. ¿Qué tal el peñón blanco del hotel? Márcalo. ¿Y sus ojos? Márcalos también. Marca el día, atrápalo, cógelo por las tetas. Teticas más bien. Márcalo, por favor, no seas dejado. Marca el día. Era el 16 de junio de 1957. ¿Ése fue el día? Ese día no es tuyo. No puede de ninguna manera ser el 16. Pero era junio y era 1957. Aunque probablemente no el 16. Digamos con firmeza que tal vez no fuera ese día. Pero era, créanme, junio y 1957. Bueno, vamos a dejar el 16 si quieren. Debemos marcarlo con una piedra blanca. Deja la fecha, déjala, que no me molesta, pero será una fecha de ficción, no la verdadera. ¿Y quién quiere una fecha de verdad? Por eso te digo, déjala. Aunque creo que no debes volver a mencionarla. Coge la piedra y deja el día.

Sabía que no debía venir en guagua, pero ¿qué quieren? Un taxi hasta Las Playitas me hubiera costado, como se dice, un huevo y parte del otro. Pero ahí estaban bajándose por la puerta delantera, inevitables, el compositor Luzguardo Martí y su mujer Marina con dos niños, obviamente sus hijos: todos conformaban una grotesca familia por lo feos que eran. Martí tiene una cabeza de hidrocéfalo compensado que de perfil recuerda a la cabeza de Debussy. Tal vez por eso quiere ser compositor. Luzguardo, que es muy bajo, aspira a las notas altas de la música oculta o culta. Él afecta esa pronunciación de los muchachos, muchachotes en realidad, del Vedado Tennis y del Habana Yacht Club, que hablaban como guagüeros de oro, como gente baja que sabían que eran de veras alta clase. Afectaban, por ejemplo, las consonantes dobles como en dottor y decían asurdo por absurdo y parecían, si cerraba los ojos, mulatones de San Isidro y Paula, pero hablaban puro del Vedado o de Miramar: gente rica, snobs invertidos, pero ninguno, cosa curiosa, era invertido. No me quedó más remedio que saludar: me habían visto.

—Muchacho —dijo ella, tan popular de casa rica como era—. ¿Qué haces por aquí a estas horas?

—Hola, Marina. ¿Es que me han reservado horas para la playa?

Luzguardo, compositor laureado de música tan seria como él, intervino:

—Marina quiere decir... —Y ella lo interrumpió:

—Luz, yo digo lo que quiero decir.

Luz (nunca había oído ese nombre en un hombre), sin duda iluminado, se acercó a mí y me preguntó:

—¿Qué haces por aquí? Tú no eres hombre de playas.

—La verdad, vengo a ver una beldad.

Luzguardo se acercó más a mí, del costado de mi oreja, Van Gogh que soy, su gran cabeza con bigote martiano adjunto, para susurrarme:

—Cabroncito.

Así eran los compositores de música seria, pero nada serios. Siguieron los dos, camino de la playa arrastrando a su prole. Dime, espejo, la verdad, ¿no es sin par su gran fealdad?

La carretera nueva se había convertido en el viejo camino de Santa Fe, el que yo recorría con mi hermano para ir, en la misma calle, al cine Alcázar, al Majestic, al Verdún, cantando todo el tramo que íbamos por el camino de Santa Fe. Ahora la nueva carretera era como un camino de oro a la geometría del amor... Iba yo por un camino por medio de la carretera sin prestar atención al tráfico porque, sencillamente, el camino estaba solo y vacío, la carretera tan nueva parecía recién estrenada o no estrenada todavía. Como Estelita tan nueva parecía recién estrenada o no estrenada todavía. Como Estelita.

El barrio, el reparto, el suburbio era tan nuevo que no había árboles por ninguna parte, sino unos arbustos que eran arbolitos escuálidos que querían anunciar la intención jardinera de plantar para el futuro, de aquí a veinte años: hoy una postura, mañana una alameda.

Atravesé la calle y de seguida me dirigí en busca del amor, de mi amor, tan cerca de la playa ahora, mi Stella Maris.

Miré el mar y lo vi como si lo viera por primera vez: un mar antiguo, un mar moderno. Luego surgió ella, que me pareció, primero, insoportablemente moderna, y luego tan antigua como el mar. Era la mujer, mejor la muchacha, que originó este libro. Pero no era Venus surgiendo de las ondas, porque el mar se veía chato ahora, y ella surgía como apareciendo entre bambalinas que eran las grandes puertas del edificio, más mármol que mar. Reía el mar, escribió Gorki. Imbécil.

¿Salió del mar sonriente o del sonriente mar salió?

Se parecía, lo juro, a Brigitte Bardot. Pero ese año, recuerden, todas las muchachas modernas se parecían a Brigitte Bardot. Era una cruza de Mylène Demongeot, que copiaba a Brigitte Bardot, y Françoise Arnoul, que parecía no querer parecerse a nadie. Aunque la Arnoul tenía la cabeza y los ojos negros y Estelita lo tenía todo color de miel: pelo, pupilas, piel.

Tenía las manos, mejor manitas, rosadas, lavadas. Así me gustan a mí las muchachas, con las manos limpias. Pero se comía las uñas. Una vez leí en *Selecciones del Reader's Digest* que las mujeres que se comían las uñas eran infelices, desgraciadas. Dejé de mirar sus manos aunque ya hacía rato que no leía *Selecciones*. ¿Qué tal sus brazos? Eran cortos y redondos pero no nevados, sino bronceados, de color de oro más bien. Una pelusa dorada le cubría los brazos hasta el codo. En los brazos, en los codos. Piel de melocotón se llama esa pelusa aunque no crecían melocotones en Cuba. Era mejor llamarlos de miel. En todo caso, miel eran. Miel al ojo. Miel de cara, que es la última que destila el azúcar. Miel virgen. Pero recordé que no se hizo la miel para la boca del asno. En todo caso Virgen era.

Ahora fue que vi que no tenía piernas bellas. Eran cortas y gordas hasta la rodilla y con muy poco tobillo. Aunque sus muslos, también cortos, eran agradables, no era ella Cyd Charisse. Pero ella era Estela de veras, perfumada como una dama de noche, cálida, próxima, proclive como el mar. ¡Ah, Stella Maris!

—¿Qué nombre me pones? ¿Mata Haris?

—Oh, no, Stella Maris, que quiere decir estrella del mar.

—Prefiero que me des mi nombre.

—Está bien.

—«Estrella del mar.» ¡Mira tú, si ni siquiera sé nadar!

Amar quiere decir, según el bolero, encontrar su diosa. Amar es algo sin nombre que encadena a un hombre con una mujer. Es decir, elevar lo divino a través de ella. Amar es el plan de la vida, amor esa cosa divina. Ardor aumentado: pubertad nueva, adoración de nuevo.

Sentí un pánico nuevo, una angustia. En lugar de estómago tenía un vacío, un obstinado abismo. No hay duda, me había enamorado, estaba enamorado y el amor era como una luna invisible allí donde la luna es más visible. Dios mío, ¿era esto después de todo el amor?

La besé.

—¿Por qué hiciste eso?

—Porque te amo. El amor, ya sabes, da derecho aunque parezca torcido.

Parecía que iba a abofetearme y fue lo que hizo: ¡Sas! Sonó a zas con zeta.

—¿Por qué hiciste eso?

—Porque creo que te quiero y no quiero.

Se acercó a mí y, créanlo o no, me besó. Me separé de ella.

—Entonces ¿por qué me besas?

—Porque quiero.

Me sonrió.

—Quiero y no quiero. Ése es el problema.

Pero por primera vez me callé a tiempo y, como una suerte de recompensa por mi silencio, me volvió a besar. Ella en silencio también. Sólo se oían los besos.

—Cobarde —le susurré.

—¿Cobarde? ¿Yo? ¡Ja! Déjame que me ría.

—Eres cobarde.

Pero no se rió.

—Déjame decirte —dijo— que anoche te he salvado la vida.

—¿Ah, sí?

—Ah, no. Óyelo bien. —Era una de sus frases favoritas sacadas del espíritu de nación que ella encarnaba tan bien—. Que soy menor.

Si hay inversiones en su discurso es porque esto que están leyendo es una versión, no una diversión. Ella salió de lo vernáculo para espetarme una pregunta que era una respuesta.

—¿Quién es cobarde ahora?

Ella me miró de abajo arriba como si me mirara de arriba abajo.

—O tú eres un tonto. O te haces el tonto, que es peor. ¿No te das cuenta de que no tengo dieciséis?

Dios mío. Dieciséis años es el límite del consentimiento en las mujeres. Ella era una menor y nunca me lo había dicho hasta ahora. ¡Ella no tenía dieciséis años! Estupor, estupro. Eso quiere decir un año, ocho meses y veintiún días en la cárcel más cercana. ¿Cómo no me había enterado? ¿Cómo ella no me lo había dicho antes? ¿Cómo lo declaraba ahora y se quedaba tan tranquila? Estupro, estupor.

—No te asustes —dijo ella en la misma voz altisonante—, nadie se va a enterar.

—¿De veras? ¿Qué hacer?

—No hay que hacer nada porque nada hemos hecho.

—Eres tan adulta...

—Pero no para la policía.

¿Habría una policía del sexo?

—¿La policía?

—El juez, lo que sea. Tú irás a la cárcel pero yo voy al correccional y de ahí a Aldecoa hasta que cumpla dieciséis.

—Lo dijo como si dijera «Hasta que la muerte nos separe», pero no era, por supuesto, ni un matrimonio morganático, no le había hecho ningún regalo ni había habido consumación alguna.

—¿Por qué Aldecoa?

—La cárcel de mujeres delincuentes, de niñas extraviadas.

—¿Cómo tú sabes tanto de eso?

—Mi padre es juez.

—¿Juez?

—Era. Murió este año. Por eso buscaba trabajo. Busco todavía. ¿Tú sabes de alguno?

—En teoría no, pero tal vez en la práctica.

—¿Qué quieres decir? ¿Por qué hablas tan raro? Contesta esta pregunta primero. Tú eres casado. —No pongo la frase en interrogaciones ahora porque de alguna manera no era una pregunta.

—Casado y mal casado.

—Razón tenía mi madre.

Hizo una pausa en la que podía oír su falsete.

—Que me pronosticó que me enamoraría de un hombre prieto, bajito, que fumaba tabacos y que estaba casado. ¿Tú fumas tabacos por casualidad?

—No. Solamente cigarrillos.

—Cigarros.

—Sí, cigarros, cigarrillos.

—Menos mal. Me molestaría que mi madre fuera adivina, además. ¿Qué vamos a hacer?

—¿Cómo que qué vamos a hacer? Lo que estamos haciendo, ¿no? Siempre podemos tener un pasado. Juntos, los dos, que nos juraremos amor hasta la muerte o el olvido. Lo que venga primero.

El amor es como si te pusieran algo que te quitaran y nunca estuvo allí.

—Háblame de ti.

—Hmm.

—Quiero saberlo todo.

—Hmm.

—De ti.

—Hmm.

—¿Qué significa?

—¿Qué cosa?

—Ese hmm.

—Ah, eso.

—Sí, eso.

Significa hmm. O séase, que no quiero hablar de mí. ¿Está bien?

—No se dice o séase, se dice o sea.

—¿O sea?

—Pensándolo bien, es mejor tu o séase que mi o sea, que parece una invocación al mar en inglés. *Oh sea!*

—No entiendo. Te juro que no te entiendo. Se te ocurren las más extrañas ocasiones y las más raras conversaciones.

—Universo.

—¿Qué universo?

—Un verso. Estás hablando en verso.

—¿Y qué hay de malo en eso?

—Sigues rimando. No se debe rimar cuando se habla en prosa.

—¿Hablo yo en prosa?

—Lo has estado haciendo toda tu vida.

—¿Quién dice?

—Molière.

—En la vida. No lo he conocido nunca en la vida. ¿Quién es?

—Un teatrista amigo mío.

—Tú y tus amigos.

La luz creaba ahora una aureola, un efecto deslumbrante en su cara.

La muchacha de oro, *the golden girl*, es un mito de Occidente: Helena la de la manzana, Isolda, las Venus de Tiziano, que vuelven con Marilyn Monroe, «Los átomos fatales repetirán la urgente Afrodita de oro», dijo el Argentino, y yo, aquí, frente a ella, tenía a la rubita, a mi versión de la rubia de oro. Mi ánima versión.

Al otro día me llamó por teléfono a *Carteles*. Casi no la podía oír porque Wangüemert estaba conversando. Wangüemert era el jefe de redacción y una de las personas que hablaba más alto en ese país de gente que habla no alto sino altísimo que es Cuba. En este momento Wangüemert emulaba a Estentor en uno de sus días altivos. Todo lo que pude saber es que Estela me quería ver esa noche, hacia las diez, que la esperara en el Quibú, que era el night-club a la orilla del río casi al lado de su casa. Le dije que sí, que estaría, que a las diez. Cuando colgué, Wangüemert aprovechó mi silencio para gritarme por mi nombre. ¿Qué quería? Saludarme porque no me había visto todavía esa mañana. Intimidades.

Wangüemert era aburrido y a la vez entretenido. Llegué a cogerle afecto aunque algunos de los aspectos de su personalidad eran detestables. Como la cobardía que lo obligaba a tratar de conservar su puesto a toda costa. Su miedo no era contagioso porque se reservaba. Era además un fanático del statu quo: que nada se moviera a su alrededor, que la revista no cambiara, que su puesto durara siempre. Era tan conservador que no se sentaba en una silla giratoria sino de patas tiesas, como clavadas al piso.

Era enternecedor, sin embargo, el respeto mezclado con afecto que me había cogido. También me gustaba verlo leyendo los periódicos, no otras revistas, sino el *New York Times*, por ejemplo, como si ese diario ajeno trajera noticias pertinentes, no sólo para *Carteles* sino para su propia familia, ya que era un padre excelente. Otra de sus manías era gritar mi nombre para llamarle la atención a algo que leía, con un preventivo «¡Óigame!» que no era conminatorio sino generoso, compartiendo conmigo algo que, las más de las veces, no tenía la menor importancia, pero su voz tronante era como el aviso de una alarma con una campana demasiado cercana.

El jardín del Quibú junto al río Quibú tenía un ficus al fondo que parecía un elefante muerto que nunca encontró su cementerio y se murió de pie. Al lado del río había una palisada de bambúes como una cerca de madera viva. El jardín era un si es no es salvaje. El piano adentro encontraba fuera un coro de grillos y de ranas que lograban, por arte natural, cantar al unísono y a veces en una recóndita armonía imitativa.

El bar Quibú se extendía sobre un pequeño puente hasta mediado el río que era en realidad un arroyo. A orilla de un arroyo crece un puente. Pretensiones del barrio que no era siquiera las estribaciones del Biltmore. Era, visible, medio pelo. Pero esa noche ni siquiera el puente o la otra orilla se veían por culpa de una niebla que era en ese barrio neblina, que surgía del arroyo y entre las cañas del bambú. Cruzar el puente no era cruzar el río. Le dije que la esperaba al otro lado. Estar enamorado es estar de pronto enfermo, coger una enfermedad en que la convalecencia es parte y parcela. El mismo aspecto del puente, un puentecito, no una terraza, era parte de la enfermedad, y el bar ahora era su parcela.

Había un piano en un rincón. Dondequiera hay un piano en un rincón de esta ciudad. No en balde cuando vino Gottschalk a La Habana hace exactamente cien años, pudo organizar un concierto masivo con ¡cincuenta pianos! tocando a veces al unísono. Cincuenta pianistas con cincuenta pianos. Había pianos para todos. Ahora este pianista tocaba más solitario que solo. Me acerqué al piano y vi que había un anuncio casi invisible sobre la modesta cola. Decía «Paquito y su piano» y debajo «Paquito Hechavarría toca a petición».

—¿Cómo se llama ese son?

—Es un bolero.

—¿Que se llama?

—«Piano.» Es un bolero con el piano como protagonista. Y dice así:

Piano que acompañas mi tristeza.

Siguió canturreando más que cantando para terminar con una coda más breve que la cola del piano.

—¿Conoce «Perfidia»?

—Claro que sí.

—¿La quiere tocar?

—Claro que sí.

Comenzó: «Mujer / si puedes tú con Dios hablar / pregúntale si yo alguna vez / te he dejado de adorar».

Fue ahí, creo, que comencé a pedirle al pianista de turno que tocara «Perfidia». No sé el nombre del compositor cuya obra maestra hice que la recordaran para acordarla en todas partes. Hubo un pianista en Adelaida, Australia, que la recordaba, un pianista tocando en un piano blanco en Harrods, otro pianista en otra tienda, Barkers de Londres, un pianista en el vestíbulo del hotel Chateau Marmont de Hollywood, otro y otro pianista más en otras partes del mundo tocando la melodía de ambiente para Bette Davis y Paul Henreid en *Now, Voyager*, la música a la que bailaban Ilsa y Rick en *Casablanca*, sonando al cimbalón en el cabaret de Bucarest que dominaba la extraña belleza de Hope Emerson en *La máscara de Demetrio*, ella la amante del implacable Demetrio. Su aire de bolero sonando a samba lenta, a vals blanco de París, a vulgar melodía búlgara, ya convertido al folklore esteuropeo. Pero el amor vino a interrumpir la melodía del amor.

Le dije que estaría en el bar y de pronto estaba ella en la pared abierta como una terraza al río, enmarcada por esa abertura y el río detrás. La niebla detrás, detrás la noche. Entonces llega hasta mi nariz un olor de chipre que venía en olas como las del mar, entre la espuma del recuerdo venía ella ahora como cuando la conocí. Pero de pronto noté algo incongruente: llevaba puesto un impermeable aunque la noche era más seca que la palma de mis manos. En la pared de afuera del bar había un delfín disecado, laqueado para dar la idea de que había acabado de salir del agua.

Una paloma voló por sobre su cabeza, su blancura móvil atrapada por un momento por los reflectores del nightclub que alumbraban el río y el puente sobre el río. La paloma, doméstica o domesticada, se perdió en la noche, y la luz, moviéndose sola, alumbró por un momento las rosas de un jardín.

De algún lugar venía un olor a madreselva (curioso nombre) que hacía del jardín una versión del paraíso. Hasta había otro Adán y una nueva Eva.

—¿Te gusta este jardín que es tuyo?

—¿Mío?

—Es una cita. Una cita en la noche una cita de amor.

Se oía de lejos un rumor sostenido que se volvía a veces un rugido humano. Era que estábamos detrás del cinódromo y el clamor anunciaba el triunfo de un perro favorito.

—¿Tú sabes que los galgos mueren siempre del corazón?

—Ni idea.

—Por correr tanto.

—Vaya.

—A ti no te gustan los perros. —Pero no era una pregunta.

—No es que no me gusten. Los detesto.

—Yo tengo un perro.

—Me lo temía.

—Pero puedo decirte que a los galgos que pierden siempre, después de la última carrera, los matan.

—Es su destino.

—Pero es un destino miserable.

—Al menos es un destino.

Seguimos caminando en silencio hasta su casa, que estaba a un lado de la carretera de Santa Fe, pero en pleno Biltmore.

—Ya estamos aquí.

Su casa no estaba adosada pero tampoco estaba sola.

Ella sacó una llave de un bolsillo y abrió la puerta y al entrar encendió la luz de la sala. Detrás quedaba la calle quieta, todavía iluminada por la luna, la peligrosa luz de la luna. «Esos halos que a veces se hacen visibles por la espectral iluminación de la luna.» Miré al resto del cielo arriba más allá de las palmeras, oscuro casi negro con puntillos. Tuve que decir algo:

—La luna que mueve las altas estrellas.

—¿Tú crees en la astrología?

Yo creía en la astrología tanto como en la astronomía. También me fiaba en la quiromancia, en la adivinación por medio de las hojas de té, en la santería y en los caracoles tirados para crear el futuro, en las predicciones del profesor Carbell, en la interpretación de los sueños del Dr. Freud, en las pinceladas sanativas del Dr. Pérez Fuentes, en los colagogos del profesor Kourí, en la eficacia purgatoria del Veracolate, en las píldoras de vida del Dr. Ross, y no creía en el Evanol y el compuesto vegetal de Lidia E. Pinkham porque ésa era farmacopea femenina. También creía en esa forma oculta de la Western Union de la mente que se llama telepatía. Creía tal vez en la trasmigración de las almas, en los espíritus (buenos y malos) y, sobre todo, en el eterno retorno del filósofo loco. Cuando le recité esta lista a Estelita, ella me dijo que no creía en nada. En nada. Ni siquiera en la charada china. Ah, estas muchachas modernas.

Se me quedó mirando.

—¿Tú crees en fantasmas?

—No —bromeé—, pero les tengo miedo. Siempre que puedo bromeo. ¿Tú sí?

—Yo tampoco. Pero viví en una casa de Nicanor del Campo en que salían fantasmas. Por lo menos uno. Pero yo nunca lo vi. Aunque oía cosas.

—Puertas que chirrían, cadenas, el viento incesante.

—¿Cómo lo sabes?

—Siempre hay un cuento con cadenas invisibles, puertas que chirrían y el viento que ulula. Oh la la.

—A mí me gustaría creer en fantasmas.

—¿Por qué en fantasmas?

—Por creer en algo. No creo en nada, en nada.

—Parece un verso de Barba Jacob.

—¿Cuál barba?

—Es un poeta sin barba que quería subir al cielo de la posteridad por la escala de Jacob.

—Dios mío. Me abrumas.

Ahora me miró fijamente.

—¿Me amas?

—Esa pregunta es casi una obscenidad. Claro que te amo.

—Lo juro. ¿Lo juras tú?

Me volví y le dije:

—Por la luna de noche.

—No jures más por la luna.

—Tienes razón —le dije—. No hay que jurar por la luna, hay que jurar por algo más duradero. Por mi madre lejana entonces.

—¿Vive?

—Pero está lejos, en Oriente, en mi pueblo.

—La mía debía estar más lejos. Debía estar muerta. La detesto. No hay nadie a quien odie más.

Me escrutó. ¿Quería ver mi reacción?

—¿Qué hora es?

—Temprano.

—Déjame ver.

Me agarró la mano y al contacto de su piel con la mía sentí un calor más intenso que la noche y el trópico.

Entonces supe que el amor no es más que una coincidencia fatal: estar en un lugar adecuado en un tiempo torpe, inadecuado y totalmente inhóspito. El amor es un efecto sin causa.

—¿Puedo preguntarte algo?

—¿Cuándo no?

—¿Tú tienes un arma?

—No visible ahora, pero sí.

—Hablo en serio. Muy en serio.

—Me has confundido con ese compositor de la playa. Serio no soy.

—Lo que quiero preguntarte es si tienes revólver.

—¿Es que me has visto cara de policía secreta o de terrorista declarado? No, no tengo revólver ni he visto uno en mi vida.

—¿No puedes conseguirte uno?

—No creo. ¿Para qué lo quieres?

No hizo siquiera una pausa.

—Para matar a mi madre.

—¿Tú vas a matar a tu madre?

—No yo. La vas a matar tú.

Debí saltar y volver a caer en el mismo sitio al mismo tiempo. Pero no era una cuestión de tiempo ni de espacio: era una cuestión moral. Pero no era el lugar ni el momento para la ética. Decidí seguirle la corriente.

—¿Cómo voy a matar a tu madre?

Quise decir no el método ni el modo sino expresar mi asombro.

—Con un hacha. Hay una en la cocina.

Su pensamiento seguía una lógica impecable pero implacable.

—¿Por qué la voy a matar? Si lo hago tiene que haber un motivo.

—Porque te lo pido yo. ¿Quieres mayor motivo?

Por un nanosegundo pude ver en sus ojos algo que no había allí antes, y que ahora desapareció en un instante. Un nanosegundo puede durar una eternidad y ser la medida del universo. Mis conocimientos de astrología, de *astronomía*, me permitieron medir su mirada. Ella, en sus ojos, en ese momento infinitesimalmente duradero no era ella. Era ajena. Enajenada. Estelita, qué duda cabe, estaba loca: era una loca y a la vez racionalmente cuerda.

—Si me quisieras como dijiste que me querías, lo harías. El asesinato es una cosa seria, según Islands. Iles.

Me miró con sus grandes ojos de bebé: limpios, inocentes. Sus pupilas eran enormes pero rodeadas de mucho blanco, lo que hacía sus ojos más abiertos y redondos.

—Quiero que mates a mamá —me dijo.

Creí que no había oído bien. Todavía tenía los ojos de inocencia pero no había pestañeado una sola vez. Los ojos que no pestañean crean una mirada peligrosa. O ella había leído las mismas novelitas policíacas que yo leí o habíamos visto juntos las mismas películas negras en que Barbara Stanwick le pide a Van Heflin que mate a Kirk Douglas. O Jane Greer le pide a Robert Mitchum que mate a Kirk Douglas. O Jean Simmons mata a su madre, a su padre y a Robert Mitchum. O habíamos visto las películas basadas todas en las novelas de la serie negra. Todo negro. Como la noche ahí afuera o el resto de la casa porque sólo la sala estaba alumbrada. Confieso ahora que entonces me cogió tan de sorpresa que no pude menos, cliché, que decirle:

—¿Qué es esto, un film *noir*?

—¿Cómo dices? No te entiendo.

—Deja, deja. No es nada.

—Tabién.

—¿De manera que quieres que mate a tu madre?

—Ella no es mi madre realmente.

—Ya sé. No me digas. Es tu madrastra.

—Eso es lo que es.

¿Habría ella visto de niña *Blancanieves*, como yo?

Malvada Madrastra es Asesinada por uno de los Enanitos es lo que dirían en la crónica roja del más negro de los periódicos de mañana, *Ataja*.

—Por lo menos ayúdame a matarla. ¿Está bien?

—No, no está bien. Está mal. Muy mal. Prefiero que me permitas considerarte un sueño. O una pesadilla.

Salí de la casa. No sé, no recuerdo cómo lo hice pero me fui tan lejos como podía entonces: a mi casa. Ella quedaba atrás, como la noche. Ella se había revelado —o más bien rebelado— como una muchacha dura, rubia pero con un hilo oscuro alrededor de su cabeza. Me pareció entonces capaz de todo, incluso de lo que yo nunca sería capaz.

Cuando llegué a casa era bien tarde. Mientras la ciudad duerme yo me desvelo. Abrí la puerta sin hacer ruido y entré de la saleta a la sala. Me dirigí a mi cuarto y cuando abrí la otra puerta pude ver, durmiendo, a mi mujer, con su boca medio abierta y los ojos hundidos. Dormía sin cuidado. Me desvestí con cuidado y me acosté en mi lado, pensando en lo que había ocurrido y a la vez imaginando lo que ocurriría mañana. Es decir, hoy.

Miré y la vi como si la dejara atrás. Fue entonces que noté que estaba vestida de blanco: zapatos blancos, medias blancas, vestido blanco. Sólo le faltaba la cofia blanca. Se había disfrazado de enfermera.

Tenía en la mano un hacha, una hachuela, un picacho.

¿Sería una Lizzie Borden del trópico? Frustrada Lizzie en todo caso, prematura Borden. Pero el Quibú no podía ser una versión de Fall River, masacre de Massachusetts en que Lizzie the Lizard, más que lagarto o camaleón, trató primero de envenenar a su madrastra administrándole ácido prúsico en cantidades letales. Ella desayunó sola aduciendo: «La demasiada calor crea paredes en el vientre». Sí, sibilina. Luego lanzó una carcajada corta. Un poco más tarde dio un grito de auxilio: «¡Corran! ¡Vengan, que han matado a mi madre!». (Borden odiaba las aliteraciones.) La señora Borden, la madre, la madrastra de Lizzie, fue asesinada mientras dormía a golpes de hacha con su cara literalmente hecha pedazos. Lizzie Borden fue arrestada esa misma mañana acusada de asesinato doble. (También había matado a su padre.) Una teoría del motivo es que la madrastra había servido de desayuno un infame bodrio con los restos de la cena de anoche. Olla podrida. Una cuarteta decidió que el parricidio era motivo de varios versos, que dicen así:

> Lizzie Borden con su hacha
> dio a su madre veinte hachazos.
> Y cuando se dio cuenta
> le dio a su padre cuarenta.

El poema no tiene *copyright* y debe haber sido escrito por ese autor anónimo que se llama folklore. Lizzie Borden durmió aquí y le dio al mundo poemas y pesadillas. La culpa la tuvo la menstruación, que la soltera, casi solterona, Lizzie Borden padecía con trastornos y dolores menstruales. Declaración última del abogado defensor: «Señores del jurado, si mi cliente es culpable es entonces un monstruo de la naturaleza. Pero mírenla», señalándola con un índice cómplice: «¿Lo parece acaso?». Miss Lizzie Borden, bella pero con gafas, fue absuelta. El arma del crimen, un hacha o hachuela, no apareció nunca.

Fue entonces que me di cuenta que tenía *su* hacha en *mi* mano. Mi Lizzie Borden no la había reclamado ni la había recobrado. Decidí dejarla donde debía y la llevé conmigo sujeta con dos dedos a la cocina y la deposité debajo del fregadero. Antes, pañuelo mediante, borré todas mis huellas digitales —y tal vez alguna huella de ella. (Detesto las rimas involuntarias.)

No me estaba mirando ahora. Hace rato que no me miraba. Miraba a la pared detrás, que era un muro vacío. Tan vacío como su mirada. Era su mirada vacua la que creaba el vacío. Vacante era el nombre de esta bacante.

Por un momento desvié mi vista de su cuerpo para notar que aquella sala había cambiado de la noche a la mañana. Donde antes no vi nada vi ahora el gran espejo —o así me lo pareció en mi extrañeza. Avancé hacia el espejo hipnotizado (o mejor subyugado) y vi en la luna mi imagen ahora cubierta de sangre. Fue sólo un instante que duró la imagen del espejo y el espejo mismo un espejismo, todo era producto de mi imaginación —ayudado por Poe. Pude volverme a ella, a la realidad, que era más atroz que ninguna imagen, virtual o desvirtuada, más peligrosa. Me movía, me moví y seguí moviéndome —hacia la puerta.

Se acercó a mí y pasó su brazo alrededor de mi cuello. Había tal ansiedad en su cara y tanta rabia en el cuerpo que me recordó a Françoise Arnoul en *Con rabia en el cuerpo*, donde ella era a la vez rabia y el cuerpo. Ahora mi Françoise Arnoul privada podía muy bien intentar estrangularme. No era tan difícil: un brazo al cuello, un apretón y un sonido de traque, trac que se quiebra y ¡fuera catarro! Así de rápido es el tránsito entre la vida y la muerte.

— Llévame contigo.

Contigo, contigo.

Los dos atravesamos el jardín, caminamos por la acera nueva, cruzamos la calle recién asfaltada y dejamos detrás el barrio Quibú y el río Quibú y todo lo que recordaba al Quibú. Cogimos los dos un taxi. Ella subió primero y al subir yo noté que no se había llevado de su casa más que la ropa que tenía puesta y las sandalias que calzaba.

¿Qué hacía Branly tan temprano en mi casa? Era para la despedida, como recordé enseguida, pero lo había olvidado. No tenía más ojos que para el recuerdo de anoche. La noche de anoche.

Pero si es de día, ¿volverá a ser de noche? La despedida era para mi hermano que embarcaba esa tarde rumbo a Rusia por mar. ¿Se puede llegar a Rusia por mar? Si se llega a París por el río, ¿por qué no viajar por el Volga, Olga? Ése era el nombre del amor de mi hermano. Tengo que visitarla uno de estos días, una de estas noches.

Noche de nuevo y mi cita será por el día, por la tarde, esta tarde. *Questa sera. Chi sarà, sarà.*

De todas las comidas del día el desayuno es mi favorita. Favorito que es masculino. Los masculinos son los menos culinos. Culinario.

Desayunábamos y Branly estaba también porque me acompañaría hasta el barco que se llevaría a mi hermano a Europa. A pesar de Branly, la familia se veía reducida.

—¿Dónde está Zoila? —preguntó Branly.

Zoila era mi madre.

—Se fue ayer a Oriente —dijo mi hermano.

—Oriente tierra candente —canturreó Branly—, donde nació el siboney. —Y dejó de cantar para decir—: Pero ustedes no son siboneyes, son taínos.

—Mi madre se fue a Gibara —declaró y aclaró mi hermano.

—Gibara no tiene rima —dijo Branly—, si no es con citara.

—Mi madre se fue a Oriente —dijo mi hermano—, y yo me voy al lejano Oriente.

—Rusia no es lejano Oriente —dijo Branly.

—Se llama Unión Soviética —dijo mi padre—, y es el país del futuro.

—Con un pasado —dijo Branly.

—Dijo Jeffries —dijo mi padre—, es el futuro que funciona.

—Me voy entonces a la Unión Soviética —dijo mi hermano—. Qué función.

—Recibirás una tunda en la tundra —sentenció Branly.

Mi padre volvió a hablar del futuro soviético, pero mi mujer no dijo nada durante el desayuno. Ni siquiera que mi madre se había llevado a mi hija, que era suya, consigo. Ahora no quedaba en ese zenana más que mi abuela que sin salir de la cocina había proveído y provisto.

Mi mujer se había ido ahora, al baño supongo. Mi abuela seguía en la cocina aunque el desayuno había terminado. Mi padre estaba en la sala leyendo ya el periódico —de la mañana o de la tarde de ayer, daba lo mismo porque a él le daba lo mismo. Miré a mi alrededor de derecha a izquierda y vi a mi hermano, luego a Branly y pude verme la cara en la cafetera bruñida. Cosa curiosa, todos los componentes del drama estaban ahí. No lo supe entonces, por supuesto. Lo sé ahora. La vida se había organizado alrededor de tres tazas de café con leche.

—Os vamos —dijo Branly.

—Nos vanos —dijo mi hermano.

—Los vanos —dije yo.

Nos íbamos. Mi hermano con su misión, Branly con su micción (no pidió ir al baño esta vez) y yo con mi unión. No sabía entonces lo cierto que sería ese juego de palabras. Nunca sabe uno adónde va a llevarlo el juego, aunque fuera el sexo luego.

Después de dejar a mi hermano seguro en el barco y sin ningún inconveniente con su pasaporte, su pasaje y su dirección en Europa, nos preocupaba que se supiera que iba a Rusia, a la Unión Soviética, a la URSS, que ese país tenía muchos nombres y un solo orden político. Del muelle de La Machina cogimos un taxi para dejar a Branly cerca y yo irme a *Carteles*, donde un jefe de redacción era alguien que podía leer un cuento sin mover los labios. Mis labios estaban sellados. Pero estaba tan excitado que no me molestaba la conversación que los colaboradores (*Carteles* tenía pocos periodistas en nómina) sostenían con Wangüemert. No era Ángel Lázaro el único exiliado republicano, pero todos firmaban con seudónimo que inventaba Wangüemert. Era, según él mismo, un experto en buscar y encontrar seudónimos y hasta su nombre parecía un seudónimo.

Mi excitación era porque Estela llamó y me encontraría con ella mañana frente al cine Atlantic. No almorcé. No tenía ningún hambre. ¿Era la excitación o el amor? Fue la primera vez que supe que estaba locamente enamorado de Estelita. Una canción popular lo expresaba mejor:

> *Estoy loco,*
> *deseoso de verte otra vez.*

En un lugar cercano cantaba María Teresa Vera por radio una dolorosa habanera.

Pero esa mañana yo pensaba en la tarde, en que ella me esperaba. «A las tres es la cita», había escrito yo una vez, y ahora esa frase se hacía verdadera. Procuré llegar temprano, pero eran las tres y ella no estaba, decidí entrar al cine Atlantic que me invitaba con su aire acondicionado. A las tres y media tampoco estaba. ¿Vendría o no vendría? Cuando aseguró que lo haría, había una franca decisión en su voz. Por fin, a la tercera salida a las cuatro, ella estaba enfrente, a la sombra del edificio Woolworth. Esperándome. ¿A quién otro si no?

La existencia de las mariposas parece estar ordenada por un código de belleza. Las mariposas y las mariposas nocturnas semejan ser insectos diferentes. Dice la *Encyclopædia Britannica*: «Pocos idiomas hacen siquiera distinción entre ellas». Aunque algunas especies se llaman alevillas o falenas y también polillas: mariposas nocturnas que en inglés son sólo *moths*. Todas las mariposas emprenden un largo viaje mágico pero inmóvil del huevo al insecto perfecto. Muchos huevos exhiben hermosas estructuras en forma de celdillas. La larva suele tener paticas como garras en el tórax, otras tantas le salen del vientre y son cortas aunque llevan ganchos en su superficie simétrica. La cabeza es una cápsula con seis ojos a cada lado y un par de antenas cortas. Es increíble que un prototipo tan horrible, que siempre recuerda a los atroces marcianos del cine, se desarrolle hasta ser un insecto perfecto que vive entre flores.

Si el clítoris es el pene más pequeño, el clielo es una breve silla de montar los gusanos cuando se acoplan. Una suerte de secreción los cementa y luego ayuda a formar el capullo. Un aspecto extraordinario de este insecto extraordinario acaba de ser descubierto por científicos japoneses. En la mariposa que lleva el sonoro nombre de *Papilio Xuthus* tiene el macho una linterna erótica. El insecto perfecto no usa su instrumento para alumbrarse por el camino de toda carne, sino para localizar la entrada a la genitalia femenina como ojos en la noche del sexo. Ésta es la primera vez que se ha demostrado cómo funciona este órgano íntimo, hasta ahora secreto.

Antes de llegar a su esplendor, la mariposa debe permanecer inmóvil por un tiempo hasta romper la ninfa. Algunas larvas convertidas en crisálidas usan sus mandíbulas para romper el capullo y salir volando como una extraordinaria criatura del jardín —o de la selva. Esta belleza con alas es un regalo de la naturaleza.

Pero la enorme mariposa del trópico conocida como tatagua es considerada una visita de mal agüero. La mariposa tiene, como el español, un nombre extravagante en diversos idiomas: *butterfly*, *papillon*, y en italiano, como una gloriosa criatura de la noche, *farfalla*.

Las mariposas se alimentan del néctar que recogen, como dice el bolero, «libando de flor en flor». Los aparentes adornos de las alas atraen o repelen a sus enemigos y son un efectivo camuflaje natural. Algunas especies de apariencia encantadora se alimentan de carroña. La más numerosa especie pertenece a la familia de las ninfas. Todas las mariposas suelen vivir vidas cortas.

Estela era pequeña. Era muy pequeña. Si hubiera sido una estrella del cine silente hubiera sido normal. Pero ella no era una estrella del cine silente y, además, no era normal. (Aunque yo, entonces, no lo creía.) Estela parecía, de veras, una niña. Aún sus ojos, capaces de crear una mirada entre perversa y perdida, eran los ojos de una niña, donde la cara se hace toda ojos. Con su cabeza grande y su cuello largo parecía una muñeca y era mona. De hecho era más bella que mona. No era una gema pero parecía genuina, con más carácter que carates. Ya sé, ya sé: se dice quilates, que rima con dislate. Pero ¿quién quiere corrección en una lengua cuando puede hablar dos? Bípedo, bífido.

La vi ahora como la vería otra vez en el futuro o en ese extraño fruto del futuro, la nostalgia. Su vestido, que no existirá ya más, le quedaba corto. Tan corto era que terminaba donde comenzaban sus muslos. Un atrevimiento, una audacia que no muchas mujeres se permitían entonces: la falda a la medida moral. Tal vez ella, por parecer una niña, se salía con la saya en todas partes: su casa, la guagua, esa esquina ahí de 12 y 23 eternamente poblada por puntos: guajiros, filipinos y cairoas que bien podían venir de Egipto a ver desfilar las momias. Arriba, la blusa o lo que debía ser la blusa le quedaba también corta pero esta vez apenas llegaba donde debía y se continuaba en dos finos tirantes que pasaban por sus hombros y su espalda hasta unirse de nuevo al vestido más abajo. Sus tetas por ser teticas se salían también con la suya de atraer y contener. Me la comí con los ojos y le dije no te muevas, porque quería detenerla aunque fuera un instante para siempre. Lo único que temía era que pasara alguien, una señora de edad media (o de clase media) y notara mi turgencia, mi urgencia. Ni siquiera podía, porque no era fotógrafo, decirle: «Mira el pajarito». Disimulos.

Decir que no llevaba ajustador o justillo, o sea sostén, que es una prenda de «ropa interior» para ceñir el pecho conformándolo, o *bras*, moda americana para comercializar el sostén *Maidenform*, recortando el *brassière* francés que no es ya francés y que ahora se llama en Francia *soutien-gorge* (y no hay vestido que trate de cubrir un desvestido con tantos nombres), es decir que no llevaba nada para ceñir sus senos y era demasiado: Estelita estaba casi, no casi, sino desnuda debajo.

Mi primera agradable sorpresa fue sustituida por la alarma. Ése era el primer ejemplar de mujer moderna que veía. Pero no era una mujer, era apenas una muchacha, una muchachita vestida como una heroína francesa de las películas que yo tanto había celebrado.

Ella no estaba al sol sino a la sombra del edificio chato y feo. Al acercarme pude ver que toda su cara, de los pómulos a la barbilla, estaba cubierta con un breve vello que vibraba a la vista como si fuera una capa de polvo que brillara al resplandor: parecía un talco estelar, un vello de oro. Pero eran minúsculas escamas que bien podían ser el maquillaje o el mismo vello que fulgía, refulgía y le hacía la cara de un espectro rubio. Su mismo pelo se veía ahora más rubio tal vez por la vaselina.

Llevaba dos ganchitos en el pelo, más ganchos que horquillas a cada lado, que brillaban al sol como el oro. Aunque eran por supuesto de similor, le daban al peinado un aspecto de diadema. Pero su cabeza era demasiado grande para su cuerpo, la frente abombada era una comba que partía de sus escasas cejas y se resolvía en el pelo rubio. El efecto debía ser casi cursi, pero por alguna razón no lo era. Me acordé de la puta rubia cuya cabeza, casco de oro, le costaba la cabeza a su amante apache. Pero esa rubia fue siempre muy mujer. Estela era Estelita. O así me lo pareció entonces.

Era una mariposa recién salida de su crisálida. Me sentí exactamente como se sentiría un cazador con suerte: extendí mi mano y abrí los dedos y de pronto me creció una larga, leve red. Capú que te vi. Capú que te cogí.

Estaba ahí inolvidable. Es decir, fijada para siempre en el recuerdo en la calle 23 esquina a 10, de pie no sobre el segmento del cemento de la acera, sino en la misma entrada del tencén, al que no entraba porque era domingo y la tienda estaba cerrada, avisado por un letrero tautológico que decía «Cerrado» y ni siquiera se veía el aviso que ponían a la entrada del cine Radiocentro: «Las puertas se abren a las tres». Era bueno que apenas hubiera gente en la calle, no mucha en todo caso: todos los cuerpos acogidos al sagrado en la sombra.

Era bueno esta escasa gente porque ella era una tentación con su vestido: casi un refajo de seda estampado con grandes flores coloreadas que desafiaban a la gravedad y la decencia. Aunque estaba, al revés del día que la conocí, muy maquillada (ojos con rímel y sombra, ojeras malva, colorete y creyón de labios). Comprendí que se había pintado parapintado para la guerra. Ella quería batalla pero a mí me pareció una mascaramuza. (Es que no puedo, no puedo evitarlo.)

Sus ojos pardos miraban con una intensidad adulta y todo el conjunto (mirada, inclinación de la cabeza al mirar, lo que surgía del fondo de sus ojos como una sirena que sale a flote) era una invitación al profundo viaje, yo embargado por su más rancio perfume:

—Estela eres una estela —le dije.

—Es mi nombre, ¿no?

—Hablo de tu perfume.

—Es de mi madre.

—¿Dónde dejaste a la noble señora?

—Encerrada en su cuarto.

—¿Vamos entonces?

—¿Adónde?

—Aquí al lado, a 10 y 17. Es un club que se llama el Atelier.

Al Atelier nos fuimos. El club era un night-club que para anunciar su nombre no ponía un letrero sino que desplegaba, en la acera, a la entrada, una paleta de pintor de tales dimensiones que el genio de la botella, si fuera pintor, la encontraría demasiado grande.

—Pero —exclamó ella— ¿qué cosa es esto?

—La casa que construyó Van Gogh. Dentro está la otra oreja.

—¿De veras?

—Es, nena, una hazaña postimpresionista.

—Te juro que la mayor parte del tiempo no te entiendo.

—Los genios somos siempre incomprendidos. —Ah, adolescencia.

—Muy molesto. ¿No crees que debiéramos entrar?

¡Coño! ¡Icono!, exclamé ante la foto tamaño natural de Peruchín, llamado el Peru con su puro en la mano que acariciaba por igual las teclas blancas y negras de su piano mestizo. Atónito me quedé frente al gran póster que proclamaba su música como «El Gran Bolero del Mundo». Podrán cerrar mis ojos ese postrer reclamo pero no mis oídos, no mis oídos. Ese mismo mar del alma de la música cantan las sirenas con voz de mujer: las D'Aida, al otro extremo de la calle 17, en esa otra parte de la ribera de la música, ellas cantarán, cantan ya y encantan y yo quien como Ulises he hecho este viraje para taparme los timpani con cera, cerote o cerumen.

La frase oscuridad al mediodía, tan traída, tan llevada, parece querer ser una metáfora del infierno, pero ahora pasando de la claridad cenital de la calle 17, sin tranvía ya pero todavía con raíles que brillaban como cromo, entro, entramos, entra ella conmigo del sol a la noche del justamente llamado night-club aún de día. No es una entrada al infierno ésta, sino a uno de los paraísos posibles: «la oscuridad más clara que el pleno día la sostenía» por el brazo. Ese verso y mi mano tibia como el pasaje del día a la niebla, la tiniebla artificial. ¿Quién quiere invocar, convocar a la noche? ¡Yo, yo!

Entre el sol cegador y la ceguera de adentro, con ese night-club más oscuro que un túnel en una mina, mis ojos se convirtieron en una cámara oscura: no veía nada, nada. Nada-nada. Dando tumbos, yo, entramos, mientras ella se deslizó desde la entrada hasta la pista de baile. ¿Veía ella en la oscuridad como un gato o había estado antes allí? Un *maître* breve, un petimetre, nos condujo hasta unos asientos en los que me senté al tacto. Espesa tiniebla. No era la oscuridad de un cine al mediodía porque allí siempre aparecía, más tarde o más temprano, un destello blanco que venía de la pantalla. Ahora la oscuridad era perenne. Pero el *maître de noir* no tardó en preguntarnos qué íbamos a beber. Cuba libres, ¿qué otra cosa? Era lo más expedito.

Pero ¿y esa música? Venía de algún rincón oscuro todavía más oscuro. Era un piano. Por lo menos el pianista vería las teclas blancas saliendo de las teclas negras como el mismo *maître* músico. Se podía ver que era tan negro como el piano con su cola negra, que era el bicornio de un guardia civil en la noche. Charol por todas partes. Jorobado y nocturno, el pianista se aplicaba. Recordé que en la paleta ahí afuera debajo del hueco pulgar y por encima de las manchas de colores, había un nombre y una frase: «Peruchín, el mago del teclado». Ahora pasado de un bolero a otro con un pase de manos.

—Los boleros. Me matan.

Si alguien les dice por ahí afuera que bailo como un trompo, no lo crean, por favor. Ni siquiera soy trompero. Afortunadamente, ella volvió a exclamar:

—¡Me matan!

En todo caso, los boleros serían buenos para el mate. Pero no se lo dije porque eso ocurrió en otro tiempo y además no la conocía todavía. No del todo. No realmente. Mientras, Peruchín estaba tocando un bolero sin ritmo, un *medley* de melodías que bien podían ser boleros. El hombrín, Peruchín, parodiaba al piano. ¿Eran paráfrasis o parafraxis? No era música para bailar sino para oír. Me reí de contento. *Castigat ridendo*. Si yo pudiera escribir boleros, no me importaría no escribir libros. En esa oscuridad, ella me miró y dijo:

—¿De qué te ríes?

—¿Te gusta Elvis Presley?

—¿Qué cosa?

—Elvis Presley.

—Ni idea.

—¿No te interesa la música?

—Nunca la oigo.

—Me recuerdas a Costello.

—¿A quién?

—A Costello, el socio de Abbot. Abbot y Costello estaban sentados a un lado de una pista de baile. Abbot le pregunta a Costello: «¿Que no te gusta el baile?». «Nah», dice Costello. «¿Qué es el baile después de todo? Una pareja a media luz, con música, abrazados.» «¿Y qué tiene eso de malo?», pregunta Abbot, y contesta Costello: «La música».

—¿Tú quieres bailar?

—Yo quiero estar contigo, abrazados a media luz, y como no te importa la música, a mí también.

Tenía menos sentido del humor que del amor. No era una púber canéfora. (¡Dios, qué oficio!) ¿Me brindaría el acanto acaso?

Pero Peruchín estaba de nuevo amenizando y me puse de pie, adiviné su mano en la oscuridad y la convidé a bailar tirando de su brazo, ya estaba ella bailando, bailamos. Si se puede llamar bailar a lo que hacíamos, ya que apenas nos movíamos: era el bolero más lento. Más que lento. *Le plus que lente. Festina lente*, que es la fiesta lenta. De pronto me detuve del todo. Ella lloraba. ¿O eran falsas lágrimas de glicerina? Le pregunté por qué, por quién.

—Es la música —me dijo, moviendo el anverso de su mano hasta sus ojos, a su nariz húmeda. ¿Sería alérgica a la música?

—Pensé que no te gustaba la música.

—No es la música, es esa música. No la puedo soportar. Mejor nos sentamos. —Y regresamos a nuestros mullidos asientos de hierro.

—¿Qué pasa?

—Nada pasa. Vámonos, por favor.

—¿Qué es lo que es?

—Nada. Eso es lo que es.

—Pero estábamos tan bien aquí... Solos los dos.

—Es la música.

Peruchín tocaba todavía «Añorado encuentro».

—¿Qué pasa con la música?

—Nada pasa.

—¿No te gusta Peruchín?

—Todo lo contrario. Es que no puedo resistirlo.

—¿Peruchín?

—Peruchín, su piano, ese lugar que se ha convertido en una vitrola. ¿Nos vamos?

Fue cuando supe que no le gustaba la música. Retardado que soy.

—No vamos. Quiero decir ¿nos vamos?

—¿Adónde vamos?

—Donde tú quieras pero sin música de fondo.

—El Peru sigue tocando «Añorado encuentro».

—Buen título para un bolero.

—Es lo que es. Un buen bolero.

En la puerta, bajo el toldo negro y oro, al lado del anuncio que decía Atelier con su paleta multicolor y el pincel dorado, con el atril que ponía «Peruchín y su piano» y la foto de Peruchín sonriendo, con un habano tal vez encendido en la mano pero sin humo y el pelo planchado tan negro como el piano. Minstrel maestro.

—¿Dónde quieres ir ahora?

—Ya me lo preguntaste hace un minuto y te dije y te digo donde tú quieras.

Estaba contento porque la llevaría a ese lugar donde no la llevé el otro día. Un lugar recluido, como cantaba Lola. Es que las mujeres son como los libros: uno siempre tiende a llevarlos a la cama. Los libros que parecen ser vírgenes están encuadernados en rústica. Hay que tener dispuesto el abrelibros. Un cortapapeles es bastante.

La luna, como ella, era de color de miel ahora al salir a la calle vertiginosa, que se dejaba llamar por un número como si fuera un billete de lotería. Calle 17, un uno y un siete: los hados como los dados. Dios jugaba al cubilete con nosotros dos. La suerte más fuerte que la muerte nos reunió. Los hados estaban echados y en su breve carrera me fueron propicios. Hay que imputarle al destino su sórdida manipulación de la esperanza.

Pero un día —una noche o una tarde más bien: ni siquiera un día— fue fulgurante como una breve diosa a la luz de la luna y un don del sol, cuando fue fulminante como el rayo que no cesa. Pero aún más fulgor: bello fulgor sin sonido. Esa tarde ya frente al cine Astral o Atlantic (qué más da: se trata de las estrellas y un vasto océano), ese atardecer de un fauno fatuo, contemplando la belleza joven, tal vez demasiado joven, supe que era un regalo, un regaliz inolvidable. Para probarlo escribo ahora esta página. Nunca es tarde. Aunque fuera medio siglo, un siglo después, no ha pasado un día de mi vida que no la vuelvo a ver, de pie, ahí a la sombra del Woolworth que como habanera ella llamaba tencén, con su voz que ella decía era un galillo tropical, calzando tacones altos que apenas disimulaban sus piernas cortas, gordas pero gráciles. ¡Ah, Estelita! Ella y el recuerdo son otra estela. Más que semental soy sentimental.

Pero lo que recuerdo ahora es lo que quiero recordar: a Peruchín tocando «Total» en la oscuridad y en el frío de ese night-club que era toda noche en pleno día. Ella, por supuesto, no recordó nada: no le interesaba. Pero quiero recordarla en el frío Canadá y en la tumba oscura. Piensen, por favor, cuánto se parece recordar a grabar, en inglés. Recordarla a ella es grabarla en el recuerdo. Yo la recuerdo toda.

Lentos corren los coches de la noche y el verso, el universo, no es más que una maniobra para perder calor. Pero ¿para qué necesito andar con cuidado cuando puedo moverme en el aire, tan embriagador como esta noche? Le eché un brazo por encima y Estelita no cambió de posición. Ni siquiera se movió. ¿Era éste mi punto de fuga de la botella magnética que era El Vedado ahora?

Mientras caminábamos olía a reseda, a jazmín de noche bajo la luna, a Habanitas, que era un perfume de moda para mujeres a la moda. ¡Ah, estas muchachas! No debieran oler a tales combinaciones peligrosas. Me pregunté, sin que nadie me contestara, a qué olería ella en su intimidante intimidad. Supe que podría hacer conmigo lo que le diera la gana, todo lo que deseaba es que su gana coincidiera con lo que quedaba de mi fuerza de voluntad.

Era como ella era, como se veía, como yo la veía en este instante, cuando supe que era más importante que la luna y que la noche. Era un poema, que es como escribir este momento.

—¿Podemos ir a una posada? —Era una pregunta que no era una pregunta.

—Podemos.

—Pero tú eres menor.

—No ahora. Ya cumplí dieciséis.

—¿Cuándo?

—Esta mañana cuando me fui de casa, ahora soy ya mayor.

¡Ésa sí era una noticia! Era, en realidad, como una especie de indulto antes de cometer el crimen.

Una posada es un hotel que no es un hotel exactamente. En francés se llama *hôtel de passe*. No sirve para dar posada al peregrino sino habitación al rijoso y a compañía que no es necesariamente una compañera que padece esa lujuria que en las mujeres es un lujo. Pero podía ser un refugio. No me preocupaba ya la ley contra el estupro. Me preocupaba llegar al refugio. Después de todo Estelita era una fugitiva y yo la auxiliaba en su fuga. ¿Qué pasaría si nos descubrieran? Afortunadamente en las posadas no preguntaban nombre, estado civil ni número de serie. No había más que franquear la entrada y penetrar en aquel laberinto del amor. Allí todo estaba permitido —menos la violación. *Fornicatio non petita, accusatio manifesta.* Ahora, además, tenía un motivo: *excusatio manifesta.*

Antes de pedir el cuarto decidí llamar a mi casa.

—¿Hay un teléfono por aquí?

—Ahí lo tiene, en el pasillo.

Por un momento no pude recordar mi número de teléfono. Trucos que tiene la culpa. Por fin llamé y salió mi mujer. No había nadie más en la casa que mi padre y mi abuela. Como mi padre era sordo y mi abuela estaría ya en la cama, esa voz alarmada era la de mi mujer.

—¿Qué te pasó?

—No me pasó nada.

—¿Estás bien?

—No me pasó nada, te digo.

—¿Cuándo vuelves?

—Para eso te llamo. No voy a volver. Me he furtivado.

Ese término escolar para fugarse no le hizo gracia.

—Por favor, ¿qué quieres decir?

—Quiero decir que no vuelvo, que me rajo, que me he fugado con otra mujer.

Oí, como un eco a mi frase, sus sollozos.

—Sólo te lo digo para que no te preocupes. No me pasa nada. Estoy bien pero no vuelvo. ¿Oíste?

—Sí, oí —dijo ella entre sollozos.

—No te preocupes que no me va a pasar nada. A mí nunca me pasa nada. Voy a colgar. Adiós.

—Hasta luego —dijo ella llorando.

Colgué. No me gusta oír llorar a las mujeres. Me ablanda siempre el agua de las lágrimas. Pero no era el momento de ablandarse. Soy puro pero duro. Sabía que mi mujer lloraría durante un rato y como la criada ya se había ido, mi abuela dormía y mi padre estaría enfrascado en la lectura de un editorial o dos, no prestaría atención a nada que no fuera el periódico de la tarde. De manera que no habría nadie para compartir las lágrimas, y mi mujer, dentro de un rato, dejaría de llorar. No hay lágrimas sin testigos del dolor. Entré, entramos, en la posada que todavía no era sangrienta.

La satisfacción del placer cumplido. Después todo se hizo un vértigo. Placer, terreno llano sin cultivar en el interior de una ciudad. Gusto con que se hace o se consiente cierta cosa. Cosa que produce alegría. Es de uso culto cuando es imperfecto. Sensación producida en la sensibilidad estética por algo que gusta mucho, como el son «Mami me gusto» de Arsenio Rodríguez, sediento de placer una voz clama en el desierto de la noche. Soy un gentilhombre del placer. *Placet* dice en mi tarjeta de visita. Placer es un solar yermo. Un solar es una casa de inquilinato: el solar de mis mayores. Es una accesoria y una accesoria es otra forma de decir una cuartería: más que un cuarto creciente es creciente de cuartos. El solar de Zulueta 408 es un ejemplo de falansterio familiar. Tres cuartos de lo mismo ahora reducido a un cuarto. De la posada considerada como la única casa, el último refugio. El casado casa quiere pero a nosotros sólo nos dieron un cuarto. ¿Por un rato o por la noche?, dijo el portero de noche que nos proponía el ambiente de la noche. Un sereno es alguien no perturbado por una pasión y he aquí que nuestro sereno, rodeado de pasiones inútiles, no se perturbaba por nada, para nada, de nada.

—Toda la noche.

—Son cinco.

—¿Cómo?

—Cinco pesos.

Así me perjudica el sereno. Serena es una canción. Selena es la luna. Que me toquen una serenata. Mi pequeña música nocturna. *Meine kleine*.

—Cómo tú sabes cosas, tú —dijo ella, hablando habanero.

—¿Tú sabes cómo dirá mi epitafio que será mi tarjeta de visita al más allá?

—Estoy loca por saberlo.

—«Sabía demasiado.» ¿Qué dirá el tuyo?

—Estará en blanco. No dirá nada. No merezco un epitafio.

No lo dijo con tristeza ni había pena por ella en su voz: era una declaración suficiente.

Ella entrando, yo cerrando la puerta detrás, ella dando un paso o dos, flanqueando la cama y un butacón, tirando su cartera casi carterita, sobre el segundo o la primera (no recuerdo), avanzando hasta el centro del cuarto, mirando a la vitrola remota, al protuberante aire acondicionado ahora, echando una ojeada al cuarto de baño, tan oscuro que parecía un cuarto oscuro donde se revelaran todas las fotos del coito a veces interrupto como el chucho de la luz que había encendido al entrar, todo alumbrado por luces competentes de odioso flúor desde el techo, de rojo cómplice encima de la cama. *Voilà tout*. Pero ella no se iba a dejar vencer.

—De manera —dijo— que esto es lo que es una posada.

—Así llamada.

—¿*Esto* es una posada?

—También llamada casa de citas por tease Eliot, *hôtel de passe* por Sartre y tumbadero por Nicolás Guillén.

—¿Son todos ésos amigos tuyos?

—Compañeros de ruta.

—Ah.

Cerrada la puerta a cal y encanto inspeccionaba yo el cuarto, mirándola a ella tan indiferente como siempre: viéndola vágula blanda ir hacia la cama, sentándose en ella como si fuera una silla corriente, como si fuera un sillón ahora, como un sofá, como la cama que era, no cansada, nada soñolienta de la fuga a dos voces, dos veces. Le dije, le pregunté más bien:

—¿Estamos bien?

—Yo —dijo ella— estoy más bien que el carajo.

Hacía calor a pesar del aire acondicionado que zumbaba en la primera noche —o mejor en la noche primordial. Empecé a quitarme la ropa.

Pensé que una vez en la habitación para la cohabitación ella se tumbaría en la cama porque estaría muerta de cansancio. Pero lo que ella hizo me paralizó. Estela era una caja de sorpresas.

Se había quitado el vestido como quien pela un plátano

y echó la cáscara sobre el único mueble del cuarto aparte de la cama: un butacón cuyo propósito no era claro. Se detuvo en sus pantaloncitos, más breves que su pubis, y finalmente desechó esa pieza tirando por una pierna y luego otra y finalmente pateó el blúmers como un balón muerto hasta el butacón. Se quedó desnuda.

—Siempre duermo en cueros —me confió, y se acostó en la cama.

Pero era obvio que no tenía intenciones de dormir. Aunque no me invitó a compartir su lecho y mi leche. Se quedó inmóvil, sus ojos fijos en el techo. Terminé de quitarme la ropa para ponerla con cuidado sobre la butaca (que había pasado de mueble masculino a asiento femenino) y venir a su lado a la cama. Sus tetas, sus teticas, eran minúsculas como su cuerpo. En ese momento ella dejó de escrutar el cielo raso para mirarme. ¿Me había adivinado el pensamiento?

John Ruskin sabía todo de las ruinas y las estatuas cuando se casó con una estatua viva llamada Miss Gray, que era todo menos gris. Eufemia de nombre, todos la conocían como Effie, y por lo alta y visible que era podían haberla llamado la torre Effie. La noche de bodas, y a la luz de varias velas, Effie se quitó todas las enaguas requeridas por la moral victoriana y desplegó su cuerpo corito ante su marido. Miren para eso. Ruskin se llevó el susto de su vida: Effie, sobre el pubis, ¡tenía vello púbico en privado! Hasta entonces Ruskin no había visto nunca una mujer desnuda. Como convenía a un caballero cabal y a un esteta entre estatuas, vio, claro, que en las estatuas las mujeres tenían monte de Venus y pubis y papo. Tenían todo el equipo sexual femenino: *todo* menos pelos. Los de Effie eran rubios como ella, como la pelusa del maíz, pero no eran menos vellos que el cabello de la bella novia. Ruskin quedó paralizado por un momento, luego salió de la cámara nupcial —y no volvió a entrar en ella.

Cinco años más tarde, durante un juicio de divorcio entablado por Effie, la bella, que todavía era una real belleza, hizo público no su vello púbico, sino el hecho en el lecho, que su matrimonio nunca se había consumado. Para probarlo, un trío de médicos legales la examinó y la declaró *virgo intacta*. Effie ganó el caso y Ruskin perdió la razón.

Recobrado, años más tarde se enamoró de Rose La Touche, curioso nombre —más curioso porque Rose, llamada Rosita, tenía doce años. La pidió en matrimonio y sus padres, los de Rose, consintieron con la condición de que Ruskin esperara hasta que Rosita se hiciera Rosa. Aparentemente Ruskin olvidó las espinas en forma de vellos que para él, erudito que leía y hablaba griego y latín, debieron ser un vellocino, esta vez no de oro como el de Effie, sino de ébano porque Rose era irlandesa. Afortunadamente para Ruskin y desafortunadamente para Rose, ella murió antes de consumarse el matrimonio, aun antes de casarse, aun antes de dejar ella de ser púber.

Anoche: esta noche, Ruskin podría estar en mi pellejo nunca circunciso porque yo miraba, yo veía, en medio de la noche y de la cama a Estelita, toda desnuda, sus brazos bajo su cabeza rubia, sus piernas separadas, su vagina abierta y arriba y abajo, en todo el pubis, en el papo primordial no ocultaba nada, lo mostraba todo, ¡y no tenía un solo vello! Sus pendejos brillaban por su ausencia. Pero tenía, bien lo veía, un pubis de Chavanne, de piedra pulida pálida: el ideal de Ruskin se desvelaba ante mis ojos y me desvelaba. Me recuperé de mi asombro sin sombra, salvé las distancias y me metí en la cama: me iba a acostar con una estatua clásica. Fui entonces el vengador de Ruskin por un momento y siempre (que es lo que dura un coito: la eternidad que en uno mismo cambia) el singador de Estela, de Estelita mejor.

En la cama desnuda (ella, no la cama) parecía una de las lívidas mujeres de Delvaux, apenas iluminadas por la luna con su pubis (ese nombre no puede tener plural: sólo hay uno) alevoso y nocturno. Pero Estelita no era pálida sino dorada. La iluminaba la luna menguante que se veía por las ventanas abiertas a la noche. Todas las *demoiselles élues* de Delvaux tenían la negra noche entre las piernas, pero Estelita no. Sus teticas, dos, eran sin embargo de la escuela de Fontainebleau de tetas. Haciendo de hermanita mala adelanté la mano hecha índice y pulgar para exprimir uno (o tal vez el otro) de sus limones, eligiendo un pezón como si quisiera destornillarlo de la teta o hacer girar la combinación de la caja fuerte del sexo débil.

—¿Qué haces? —gritó ella—. ¿No ves que duele?

—También a mí me duele. Todo me duele. Como dijo una mona, a mí me duele España.

—¿Qué dices?

Se volvió hacia mí del todo:

—Por mi madre que estás loco.

Empecé a musitar a esta Musidora:

—Kyrie lección kyrie erección.

—Y ahora, por favor, ¿qué dices? No entiendo nada.

—Rezo a mi padre y antiguo artífice, ahora y en la hora de mi eyaculación.

Hay un cierto concierto en un cuarto cerrado cuya discreción suena mejor, resuenan, al aire libre: son los besos. Los besos que comienzan y terminan en la plaza pública y en una posada se alargan en caricias interminables y dejan los labios por los grandes labios.

Ella prefirió seguir explicando su sexo diseñado por Ruskin.

—No me ha salido todavía el bello.

Ella quería decir el vello pero me gusta más como lo dijo ella.

—Entonces eres muy joven para amar —canté yo.

—Estoy aquí, ¿no?

Ella era sorda a toda música posible. *Crisis* se llamaba ese cuadro y cuadro es cuando dos, desnudos, se meten en la misma cama. Había esperado que ella se levantara de la cama, sobre la cama o alrededor de la cama y usara su sábana como una lívida coraza de su cuerpo y viniera a envolverme (sus manos cogiendo las puntas, sus brazos enfundados en la tela para rodear con ellos mis hombros y mi espalda) en una crisálida erótica. Pero no hizo nada de lo descrito y se quedó tumbada en la cama, desnuda, boca arriba, cuando ya yo había dejado la cama y estaba de pie junto a ella.

—¿Qué esperas?

—Te espero a ti.

—¿De pie? ¡Estás loco! Debe doler.

Esta Estelita, Estalactita, Estalagmita: su cueva súcubo, de entrada íncubo, antes espeluz, espeluznante, espelunca nunca. Imagina vagina. Porque ella es impúber púber. Pubis. Ver verijas y el motivo de la V: V de virgen pero también de virago, vera efigie en el verano emotivo de la V. En toda mujer hay un triángulo. Lo puede formar con dos hombres. Pero tiene que ser adulta para ser adúltera. Y ¿qué pasa cuando lo forman dos mujeres y un hombre? ¿Y un triángulo de tres mujeres? No hay un camino de olor a la geometría del sexo. De dolor, sí. ¿Oyes, Euclides? Tu teorema tiene tres dimensiones, no tres lados y la cama cuatro. *Quod erat fornicando*. Según la geometría euclidiana la calle Línea, ahí al lado, se puede prolongar hasta el infinito, pero no el orgasmo, que es mi instrumento favorito.

Imité ese gesto, visto en tantas películas, de fumar después del coito. Fui a buscar en mi ropa cigarrillos y fósforos. Encendí y fumando regresé a la cama. Así es como comienzan los incendios, pensé, pero ella interrumpió mi reflexión pirómana.

—¿Me dejas?

—¿Qué cosa?

—Fumar.

—No sabía que fumabas. —Aunque debía haber dicho que fumaras.

—Antes no, ahora sí. Ya puedo.

—Serás una de esas mujeres que fuman.

—Soy una de esas mujeres que ruedan.

Ella nunca se quedaba callada pero ahora creo que anunció un programa. La dejé fumar de mi cigarrillo y fumamos los dos.

—Es fácil ser un duro de noche, pero el día es otra cosa.

—¿Qué dices?

—Es una cita.

—Estás lleno de citas.

—Ahora que lo dices, reflexiono que estamos, de hecho, en una casa de citas.

—¿Y ahora qué?

La pregunta me hizo recordar la visita de una cupletista española que vino a cantar en el Centro Gallego, en su teatro más bien. Estaba ella sentada en una silla tras bastidores esperando su turno y fumaba nerviosa. Cerca estaba un tramoyista con un martillo en la mano esperando un sosiego para clavar un clavo. La cupletista sentada tenía la falda recogida por encima de las rodillas y mostraba unas piernas espléndidas (ella era famosa por su voz y sus piernas), ahora exhibidas fuera de escena mientras fumaba. El tramoyista, que estaba arrodillado, se acercó a la cupletista casi en cuclillas a mirar las piernas de cerca. De pronto puso una mano en el tobillo pero la cupletista no se movió. Parecía que no se había enterado. El tramoyista subió su mano por una de las piernas perfectas. La cupletista tampoco se movió ahora. El tramoyista siguió subiendo su mano y la pasó por unos muslos no menos perfectos y sedosos que las piernas. (La cupletista no usaba medias.) El tramoyista metió la mano entre los muslos que dejaban de ser muslos en el pubis. La cupletista que no usaba medias tampoco usaba blúmers. Ni siquiera conocía este nombre para lo que ella llamaría bragas. El tramoyista introdujo un dedo en la raja. La cupletista lo miró por fin, terminó de fumar su cigarrillo y lo tiró al suelo para decirle al tramoyista: «Ha llegado usté al coño. ¿Y ahora qué?».

Yo también había llegado al coño.

Hay una canción que dice:

> *Bájate de esa nube*
> *y ven aquí*
> *a la realidad.*

Fue lo que hice.

No me podía dormir: el insomnio es más persistente que el sexo. O que los ruidos del amor, de hacer el amor, de fornicar con ruido: el orgasmo convertido en órgano varias veces. En el cuarto, en la cama, en lo oscuro sin sueño oía los ruidos de la madrugada: ruidos humanos. Pero no eran, en la baja plena noche, ronquidos. Eran rugidos, eran aullidos, eran ayes: eran ruidos del amor. Mejor dicho, eran sonidos del sexo. Esas otras mujeres ululaban como brujas sobre potros: torturadas por un inquisidor amable. Mientras, Estelita, boca arriba, dormía un sueño sin tormento.

Cuando comprobé, no sin asombro, que no había almohadas. Si hay algo que odio es una cama sin almohada.

¿Qué me despertó? Un timbre. ¿De un despertador? ¿El timbre de la casa acaso? No, era el teléfono y no estaba en casa, ¿recuerdan?, sino en una posada. Contesté el teléfono. Una voz, de madrugada, me anunció que eran las seis. ¿Quería yo seguir durmiendo? En ese caso tendría que alquilar la cama por medio día más. Decidí levantarme, le dije a la voz que era también oído que me levantaba y dejaría la cama, el cuarto, la posada, OK. Pero ése no era yo, era la voz.

Di media vuelta y empecé a levantarme. Fue entonces que la vi al otro lado, durmiendo. Estaba desnuda y era la segunda vez que la veía desnuda y no sería la última vez: desnuda en abandono, cara corita. Estaba dormida no de este lado de la cama sino como si hubiera una separación profunda entre los dos. Tenía el pelo revuelto que se veía más oscuro. Ese poco pelo y su cuerpo y su pose la hacían una especie de estatua yacente de un muchacho desnudo. La toqué por un hombro, una vez, dos, y a la tercera se despertó.

—¿Qué pasó?

—No pasó nada.

—¿Qué pasa?

—Nada. Estabas dormida y te desperté. Ahora estás despierta.

—¿Qué vamos a hacer?

—Por lo pronto levantarnos. Tenemos que dejar el cuarto ya.

—¿Adónde vamos a ir?

—Yo voy a la ducha primero. No sé dónde vas a ir tú.

Pareció pensarlo.

—¿Hay que bañarse?

—No de todas, todas. Pero yo me ducho. La ducha es mucha en la ducha.

—Por favor, que es muy temprano.

Me levanté y me fui al baño a ducharme. Como cortesía de esta posada sangrienta había sobre el lavabo una diminuta pastilla de jabón Gravi. La reina de las cremas dentales. Debió ser Colgate. O mejor aún, jabón Elsa. Báñate con Elsa y cantarás en la ducha. Debajo del chorro de agua canté un bolero viejo. De pronto se abrió la puerta detrás de mí y no era un asesino con una pistola, sino ella, que sería más certera:

—Con una mano aquí y una allá, pareces un mono.

A esa desdichada hora de las seis de la mañana, hora pro novios, salimos a la calle.

Vimos, por fin, el amanecer. Mejor dicho, fui yo quien lo vio y me sentí extrañamente bien, exaltado. Antes, de adolescente, me gustaba ver salir el sol por verlo salir solamente. Pero el día en que ocurría esta aurora era fasto. Ahora, día nefasto, estaba obligado a levantarme antes del amanecer («Amigo, ya se le venció su tiempo», dijo el cancerbero de turno) y ver el sol. Pero no era lo mismo. Era el mismo sol pero yo no era el mismo. Aunque no sabía que era nuestro equinoccio. Paradoja. Pero ¿paradoja para qué?

El Vedado olía a limpio temprano en la mañana. Lo que no era tan sorprendente porque era temprano en la mañana. Ella olía a limpio, yo también olía a limpio. Todo olía a limpio y no a semen y a sangre derramada. El rocío limpia y lava. Hasta los árboles alrededor de la posada se veían limpios. Ya no más empolvados y polvorosos y polvorientos, que es lo mismo pero da una idea del polvo acumulado en los falsos laureles.

Al final de la calle Línea estaban levantando, habían levantado, los raíles y se hizo difícil cruzar. Parecía que estaban cavando trincheras para una guerra futura, era una guerra al pasado: se había declarado al tranvía obsoleto.

Ahora no olía, como en el cuarto, a «madreselvas evanescentes» sino al mar: al mar insistente y el olor y el rumor que venían con cada ola más allá del Maleconcito en la Chorrera.

Salimos a esa repetida inquietud que llamamos un nuevo día. A pesar de la hora ya había gente por la calle. No lo hubiera sospechado. Nunca me acuesto tan tarde, nunca me levanto tan temprano. ¿Vista del amanecer en el trópico? Apenas, ah penas. Decidí que cogiéramos un taxi hasta el puerto. ¿A hacer qué? Tal vez a ver salir los barcos, hasta hace poco la única vía de escape de la isla. ¿A ser qué? ¿Fugitivos de la Isla del Diablo? No lo sabía todavía, pero era extraño que fuera tan decidido para nada. Pero sí. Algo podríamos hacer, desayunar. No hay mejor manera de comenzar el día. Desayunar en El Templete, café, bar, restaurant. Famoso por sus sabrosos negros, deliciosos moros que hubieran hecho la delicia de André Gide si se le hubiera hecho caso a Oscar Wilde, que casi siempre tenía razón. Pero era demasiado tarde para el ser y demasiado temprano para la nada. Encontramos un taxi bostezante en el Parador de Autobuses del Vedado, como rezaba la razón en un letrero negro sobre blanco. Grafía de tipos. Cuando llegamos a través del Malecón que hacía de la curva la única recta posible para llegar más pronto entre dos puntos, El Templete estaba cerrado, a pesar del letrero que decía: «Abierto las 24 horas». Era obvio que habíamos llegado a la hora 25 para producir esa quietud que llamamos mañana.

—Bueno, bueno —dijo ella—. Mira quién viene por ahí.

Miré y vi a un hombre alto, flaco, de mejillas chupadas que tenía un remoto parecido con Adorno.

—¿Quién es? ¿Theodor Adorno, de nombre Wiesengrund?

—No, no —dijo ella—. Es mi tío.

—Grandes bolas de azufre. ¿Qué tío es ése?

—Mi tío Pepe.

—Yo también tengo un tío Pepe.

—Pero éste es mi tío Pepe.

—Ya lo veo, ya llega. Es Adorno, no hay duda.

—Qué adorno ni qué adorno. Es mi tío Pepe.

—Ya lo sé. Es Pepe Adorno.

El recién venido viene y se va. Pepe pasa.

Tengo que hacerles una confesión que Chéjov objetaría y Dostoyevski aprobaría: Estelita era virgen cuando entró en la posada y había dejado de serlo cuando salió: entrar, salir y perder lo que jamás volvería a recuperar.

Esa noche única sufrí, mientras ella dormía a mi lado, insomnio, luego somnia con terrores mágicos, miracula, fugas, nocturnos lemures, portentasque: como si hubiera leído *El monje* anoche, ella era la ambrosía, yo Ambrosio. Difícil separar el cuerpo de Estelita del alma de Estela. Era, había que verlo, una flor del trópico, esa zona franca llena de extrañas rosas con perfumes sutiles. Una tierra donde las mujeres suelen ser casi perfectas. Allá, en la isla, hay un juego eterno entre engaño y desengaño. Bella y fatal fue para la que fui a mi vez un agente vengador más que el ángel exterminador: un Frank Buck que la trajo viva de la selva del id —llena de monstruos, bestias y flores como ella. Eran todas luminosas y perfumadas y perfectamente ponzoñosas.

Si el azar y no el azahar formara parte del atavío de las mujeres que se casan sería, para mí, una palabra cargada de ironía. Pero el azar es el punto de un dado que se va a lanzar, un lance. El inventor del fauno que duerme tarde en la tarde sabía de dados, y yo me declaro aprendiz de su magisterio, *L'après-midi d'Infante* es mi única declaración de vocación y de juego, excepto mi conocida aversión a esa calle San Lázaro que se puede llamar *rue sans le hazard*, porque todo en ella está dicho en otro libro mío, en otra aventura con un final infelix, fin que detesto por inevitable.

Pasamos por entre el pasadizo del Club Panamericano y el Floridita y Casa Vasallo, una de mis metas de muchacho, con su vidriera en que brillaban bates y pelotas y guantes de cada posición: toda una parafernalia del baseball, la pelota. Mostrando al público, con su lema, debajo de shorts y camisetas y zapatos tenis todos inmaculados, que decía «Juego limpio». Bojeamos al parque Albear o Alvear, y Estelita, apuntando (ella tenía la manía de apuntar), me dijo:

—¿Y quién es ése, tú?

—Es el ingeniero Alvear o Albear, que de todas maneras se escribe. Toma nota. Si te fijas, al fondo en el Parque Central, ahí está la estatua de Martí, apuntando con su dedo oratorio mientras el ingeniero anota, anota. Por una rara coincidencia, el ingeniero Alvear construyó el primer acueducto de La Habana en 1895, mientras al fondo, en Oriente, moría Martí.

—Te gustan las coincidencias.

—La vida, rica, no es más que una trama de coincidencias.

—¿Qué quiere decir trama?

—Lo que teje la araña. Ah. Seguimos. Tengo hambre.

—No tengo ningún hambre.

—Yo sí. Tanto que te comería.

—No vamos a empezar de nuevo.

La conduje Egido arriba. Decidí que podíamos desayunar en el café Campoamor. Para alcanzar el café tuvimos que pasar junto a la Zaragozana con su vitrina exterior llena mostrando langostas, langostinos, cigalas, camarones, cangrejos moros y rojos, jaibas y calamares en una cornucopia de mariscos: el cuerno de la abundancia en el mar. Antes de cruzar la calle Lamparilla tuvimos que pasar junto al Ariete, ah areté.

—Cómo te conoces La Habana.

En La Habana siempre se volvía a empezar. La Habana parece —aparece— indestructible en el recuerdo: eso la hace inmortal. Porque las ciudades, como los hombres, perecen. Un dicho en Cuba circa 1955 decía: «Olvida el tango y canta un bolero». Queriendo decir deja a un lado el dramatismo y cuenta lo sentimental. Nada podía ser más exacto entonces —y ahora.

No es de mi amor a La Habana que quiero hablar, sino de mi amor. Pero con ella, por ella, por culpa de ella, volví a visitar La Habana Vieja.

El café Campoamor estaba ordenado y vacío a esa hora, con las mesas de mármol sirviendo de pista de aterrizaje a las moscas, que buscaban, como todo el mundo en Cuba, el azúcar. Vino el camarero a limpiar la mesa, pasando su paño por el mármol, inútilmente. No bien dio la vuelta, después de oír que queríamos («Dos cafés con leche y tostadas y después un café solo o sólo un café», la palabra espresso no estaba en el vocabulario de Campoamor, el dueño, no el poeta), las moscas seguían patinando sobre el mármol. Es evidente que habían visto demasiadas películas de Sonja Henie. Aunque les gustaba patinar en hielo negro.

Después del desayuno, cuando vino mi café, lo tomé y saqué mi cajetilla, produje un cigarrillo que ya iba a encender, cuando ella me interrumpió:

—¿Me das uno?

Nuestra fuga estaba animada por el eterno encanto del error. Se hizo más dramática —melodramática casi— que deportiva. Pero, creí, no era una carrera con la muerte sino hacia la vida.

La nuestra fue una *fuga vacui*. Huíamos pero no sabíamos de qué huíamos. Estela había creado una trama invisible hecha con hilos paralelos (los míos, los de ella) desde una intriga que ella había planeado más que conjurado. Yo era, simplemente, una parte no del todo esencial a la urdimbre. Todas estas declaraciones mías de ahora pueden tomarse en sentido recto o figurado.

Luego no hubieron más que obstáculos. ¿*Hubieron?* Hubo, vaya. Es que el mal no sabe de gramática. Pero más que una carrera fue una fuga y no era una fuga de Bach, que quiere decir arroyo. Como el Quibú. Fue una fuga de su casa, mi fuga de mi familia. Ella, por todo lo que sé, no tenía familia. O mejor, su familia era una infamilia. No que su madre fuera la madrastra de Blanca Nieves pero era su madrastra, aunque Estela no temía por su vida al internarse en el bosque de la noche con uno de los siete enanitos —que era yo: una mezcla de Doc el sabio, Grumpy el gruñón y Dopey el idiota de la tribu. «Dios hizo a los enanos rectos, sabios y alerta para que distinguieran el bien del mal», dice un cuento de adas halemán. Por mi parte prefiero a Walt Disney. Es difícil de tragar que un enano sea recto y giboso a la vez. La madrastra mala, como decía Estela, se moriría de mal de madre a quien le han robado su hija única. Pero yo no había robado nada ni a nadie: el cielo raso del Quibú fue testigo. Ustedes también, recuerdan al piano cantando «Piano». Pero de veras que fue una historia de amor, de locura y de muerte. Como dice Bédier. En todo caso yo puse el amor, ella la locura, y la muerte, como siempre, fue una intrusa en la vida. La música sonaba desde ninguna parte todavía:

> *Una cita en la noche,*
> *una cita de amor.*
> *¡Qué lejos ha quedado*
> *aquella cita*
> *que nos juntara por primera vez!*

Había citado al garrotero en La Cuevita. Curioso nombre nuevo para un antiguo oficio: dejar dinero para multiplicarlo luego con creces.

Cuando salimos del fondo de La Cuevita, salía un bolero:

Mentiras tuyas,
tú no me has olvidado.

Pero decidí olvidar el bolero, La Cuevita y el olvido. No olvidé sin embargo a Laserie que cantaba todavía lo que Branly llamaba la serie de Laserie. La Cuevita, para dar una idea, era una especie de gruta urbana, un refugio de la gente de *Carteles* de todos los días. Tenía una sola entrada y no tenía salida, pero al fondo, donde estaba la cocina, era aún más oscura. ¿Sería ésta el verdadero Hoyo en el Muro que era la entrada a las catacumbas, con sus cadáveres exquisitos de romanos delicados? Nunca lo supe menos que entonces, cuando fuimos en busca de un taxi y de la tarde.

Decidí extender la fuga hasta hacerla un arte. Alquilé el taxi para ir a Mariel. ¿A que no adivinan quién sería el chofer? Nada menos que nuestro delincuente desconocido, el plantado en *Carteles*. Durante el viaje, por supuesto, miraba más al espejo retrovisor que a la carretera, ojeando a Estela que con el calor había desechado gran parte de su vestimenta no más entrar a la máquina. Pasamos, teníamos que pasar, yendo por la carretera de Santa Fe, frente a la casa en que ella vivió. Escruté la esquina, la fachada y hasta la orilla del Quibú. Pero ella ni miró, atenta todo el tiempo a que el aire de la velocidad se convirtiera en fresco para recibirlo en su cara y en su cuello. ¡Dios mío, esta Estela estaba casi desnuda! El chofer, con sus ojos botados cada vez más inyectados de su sangre lujuriosa, miraba, miraba. Tanto que en un momento por poco choca con otro auto, dio un tumbo en la cuneta y casi se salió de la carrilera.

Afortunadamente Ojos Botados era un buen chofer y devolvió la máquina a nuestra vía con un giro de una sola mano al timón.

—¡Cuidado! —le dije, y no me refería sólo a su manera de manejar.

—No, si cuidado tengo —me dijo—. Lo que pasa es que me entretuve con la puta.

—¿Cómo dice?

—Que me entretuve con la ruta.

Decidí ahí mismo que regresara a La Habana Vieja.

La Maravilla no es un restaurant, es un restorán. Quiero decir que está más cerca de una fonda que de un restaurant. Es, si quieren, una fonda de lujo y en otra parte, en otro libro, la describo dos veces bajo la lluvia, con la iglesia del Cristo ahí al frente, y más lejos, el parque del Cristo anegados, negados. Pero ahora no llueve, hay un sol de mediodía que brilla radiante y hace el día glorioso. Aunque hace calor. Ahora hace calor y donde hay sol hay calor. Dentro hace más calor casi que afuera porque La Maravilla será la maravilla pero no tiene aire acondicionado. No todavía. Lo tendrá un día, pero para entonces estará echado a perder. Ahora, sin embargo, La Maravilla es una pequeña maravilla.

Lo único malo es que Estelita y yo estamos de incógnito y es muy probable que nos encontremos con mala compañía. No que sean malos los que encontremos sino que ahora en este momento que atravesamos los portales y entramos en el restorán, que en ruso se escribe Pectopah, nos encontremos no con un comunista o dos sino con miembros de la alta burguesía que suelen venir con lo que los americanos llaman *slumming* y yo llamo codearse con malevos, que es una palabra argentina que viene muy bien aquí. Los malevos no son realmente malos sino gente del barrio, pequeños y enanos burgueses buscando la fama (ése es el nombre habanero para la comida, sólo que lo pronuncian más bien jama). Vienen a comer su comidita y estar sentados, lo que los hace sedentarios, sedesentados. ¿Qué les dije? Miren quiénes están sentados ahí al fondo sino son Junior Doce y Tony Hierro, verdaderamente Fierro. Nos han visto. Claro que nos han visto, por lo que yo decido que nos sentemos más cerca de la puerta, como si yo no tuviera dinero para pagar la cuenta. Lo que no puedo pagar es el cuento.

Ella estaba comiendo un plato de arroz con frijoles y plátanos, fruto de la violencia, a puñetazos.

—¿Sabes lo que dice Paquito del bolero?, que es una balada con un plato de frijoles negros al lado.

—¿Paquito, el pianista del Quibú?

—Éste es otro Paquito. Lo que iba a decir es que un plato de frijoles es un bolero por otros medios.

—Muy ingenioso —dijo ella, y siguió comiendo sus frijoles negros.

¿Es que era sarcástica o sólo una habanera, tú?

Estelita, como prometió, no comió nada. Yo comí poco. Fue entonces que noté que comenzaba a perder el apetito. Debe de ser el amor porque el sexo da hambre al hombre, pero el seso quita el hambre y la sed y la sede del amor es el cerebro. *L'amore è una cosa mentale*, diría Leonardo, que nunca se enamoró de una mujer. Pero ahí vienen mis amigos atravesando el comedor por el pasillo más próximo. Ya se acercan, ya llegan. Se detienen junto a mi mesa. Junior es enorme y visto desde mi asiento parece una torre, con su vigía que no le quita los ojos de arriba a Estelita, más menuda ahora. Junior no dice nada, pero Tony, que sabe inglés, dice:

—*Aren't we going to meet the beauty?*

Yo, con mi acento pedido prestado a Wilfred Hyde-White, parodio su famosa frase de *El tercer hombre*:

—*I can't introduce her to everybody.*

Junior, que también sabe inglés, sonríe. Estela, que no sabe una palabra de inglés, no sonríe. De hecho, en inglés o en español, ella nunca sonríe. Tony acerca su boca a mi oído y dice en voz baja:

—Eres un cabroncito.

Dice y se va, se van, mientras me quedo. Pero no por mucho rato. Estelita da muestras de impaciencia, que están las muestras en demostración en su cara. Se llaman muecas. Son silentes, pero elocuentes. Aunque oficialmente mujer, ella es todavía una niña. Malcriada en demostrar su enojo. La vida le hace yaya.

—¿Quién es el bajito?

—Se llama Tony, Antonio en realidad.

—¿Y el alto?

—Junior Doce.

—¡Qué nombres!

—Como el Vedado Tennis, al que pertenecen en cuerpo y alma, pero más cuerpo que alma.

—¿Qué te dijo el bajito?

—Me dijo solamente cabroncito.

—¿Y eso por qué?

—Porque el cabroncito es él.

—¿Y eso cómo?

—Su familia vive en la avenida a menos. Tenían dinero pero ya no lo tienen. Sólo tienen la apariencia de dinero que es peor que no tener dinero. Tony es hijo único y fue educado, con grandes sacrificios de su padre, en Belén. Los jesuitas querían prepararlo para cura, pero a Tony le gustaban demasiado las mujeres.

—Debería irse a un convento.

—Mientras, Tony vivía en una casa llamada dilema. Sus padres tenían una criada que era una belleza. Tony, con esa intimidad que tienen los criados con los hijos de los señores de la casa, había visto a esta criadita desnuda una o dos veces. Su deseo era del tamaño de su casa. Para apagarlo hacía ejercicios físicos. Pesas, palancas y toda esa parafernalia. Pero los ejercicios físicos debieron ser espirituales porque cada día y cada noche, sobre todo cada noche, deseaba más a la criada y combatía el deseo con gimnasia sueca y palos indios. Una noche (siempre el deseo es mayor de noche) la criadita vino a su cuarto, se desnudó y se metió en su cama. Tony no tuvo que hacer más cabriolas: todo el ejercicio lo hacía en la cama. Pero sus padres se enteraron porque (cantando) todo en esta vida se sabe sin siquiera averiguar y resultó que la criadita también tenía aspiraciones. En un final, la echaron a ella de la casa y le buscaron una novia a Tony, que era bella, rica pero más alta que él. Eso se llama un final feliz.

—Pero no para la muchacha. La otra.

—No, no para la otra.

—El sol sale para todos, ¿no?

—Todos nacemos iguales pero morimos diferentes. Eso se llama destino. La otra muchacha se perdió sin dejar rastro. Pero no creo que Tony sea muy feliz que digamos. Un matrimonio no es, aunque lo parezca, una estación terminal.

—¿Por qué dices que no es feliz él?

¿Evitaba ella mi terminal?

—Porque detrás de su admiración se ve la envidia. Cabroncito se puede decir de muchas maneras, créeme.

—¿Qué te puede envidiar?

—A ti, y a mí contigo.

—¡No me digas!

—Tú eres, querida, un bocado.

—¿No se casó él con una mujer bella?

—Según las últimas noticias ella se ha puesto gorda y además está en estado. Quiero suponer que hay otra criada en la casa y que Tony hace ejercicios nada espirituales. Aunque todavía es católico.

—¿Y qué haces tú teniendo amigos ricos? Tú eres un periodista, ¿no?

—*A hit, a very palpable hit.*

—¿Qué cosa?

—Es Shakespeare.

—¿Otra vez?

—Es una cita que me gusta mucho.

—Me tumbas con tu erudición.

—En cuanto a mis amigos que son mis enemigos me fascina oírlos hablar. Hablan como cubanos ricos.

—¿De qué otra manera iban a hablar?

—Es que hablan como cubanos pobres. Ése es el quid, aunque sea un *quid pro quo*. Que en latín quiere decir dame que yo te doy.

—Ahora me aplastas con tus latines.

Salimos, ella libre, yo taimado, vigilando que el dúo doloso no esté agazapado tras un árbol del parque o dentro de la iglesia, ya que Tony es un católico practicante, y Junior, una suerte de converso. Salimos a la calle y Estelita tropieza con uno de los adoquines azules que adornan la plaza.

—Mierda —dice—, piedras de mierda.

—No son piedras, querida —le digo—, son adoquines, traídos de Suecia de adorno.

Esa información me la ha dado Theodor Adorno.

Estela se veía más Estelita que nunca. Parecía una niña perdida en la ciudad. Pero no era una niña. Aunque estaba perdida. No *sperduta nel buio* sino perdida en la claridad. El mucho sol caía vertical sobre la plaza y los adoquines se veían bien azules. Parecía un mar de piedra. Me pareció que de haber tenido ella gafas oscuras se las habría puesto hace rato.

—Ahora tengo que volver a *Carteles*. Es el cierre.

—¿Qué cosa es el cierre?

—Cuando tengo que enviar mi página al linotipista, y no me preguntes qué es un linotipista. Es un mecanógrafo que escribe en plomo.

—Bonito oficio.

—Es más bello de lo que puedes imaginar. Pero hay una pega. Todos los linotipistas mueren temprano. Los mata el plomo con más puntería que una bala.

—¿Cómo así?

—Es una enfermedad que se llama saturnismo. La da el aspirar los vapores del plomo.

—¿Y ése es el cierre?

—No, el cierre es cuando yo cierro mis páginas.

—Entonces ¿tú no tienes saturnismo?

—No, pero a veces sufro de priapismo, que da por las noches, como anoche.

—¿A eso tú le llamas priapismo?

—No, lo llamo pérdida de la inocencia.

—¿Como la mía?

—Como la mía, de hecho.

—Ah.

Me fui para *Carteles*, que no es plural de cartel sino una revista. No confundir con *cartel* o *Kartell*, que es una alianza de intereses para un fin común, llamado Estela. Ése era mi *primo cartello*.

Para llegar a mi primer destino tomé un taxi, que en La Habana se llama máquina de alquiler.

En la redacción ya estaba, como siempre, Wangüemert (nombre completo Luis Gómez Wangüemert), tratando de leer un periódico de la mañana, *La Marina*, probablemente nombre completo *Diario de la Marina*, mirando por encima de sus gafas de miope a quien entraba sin dejar de leer: no era jefe de información por gusto. También estaba Ángel Lázaro, de pie como siempre, vestido con su traje de imitación *drill* cien, sobre su cabeza calva, su sombrero de imitación jipijapa al que llamaba, sin embargo, su panamá. Había dos o tres de los colaboradores de siempre que eran los visitantes de siempre, y en su rincón, tras su buró, el siniestro que escribía, es decir, una columna cada semana sobre temas políticos permitidos en la revista, en La Habana, en el país y sobre los políticos. Él cambiaba de automóvil cada año y todos nos preguntábamos cómo podía con el sueldo que ganaba. Tendría amigos. Lázaro me enfrentó riendo con sus fuertes, blancos, perfectos dientes, que cuando se quitaba el sombrero, como ahora, relucían para hacer *pendant* con su calva.

—Oiga —me dijo—, es usted el único crítico que se ha dado cuenta de que *Té y simpatía* no es más que una versión de la *Cándida* de Shaw —nombre que pronunció, y no adrede, Show—, quiero saludarlo, *Chapeau!* —Se volvió a calar su falso panamá.

Me senté ante mi escritorio pero olvidé darle las gracias a Lázaro. Se las doy ahora, tal vez demasiado tarde porque murió en Madrid.

Wangüemert había regresado de España. Como siempre, tomó fotos. Después de revelarlas, imprimirlas y secarlas, las exhibía en su escritorio como él llamaba a su buró. Nos invitó a Ángel Lázaro y a mí a ver las obras maestras que podían ser las peores fotografías del mundo.

—¿Qué te parece, Ángel?

Mostraba ahora una foto de una mujer al lado de una carretera, en cuclillas, la falda levantada, meando.

Lázaro echó un vistazo a la foto.

—Que es Galicia.

—Sí. Es Galicia —admitió Wangüemert, no sin asombro.

—Tiene almorranas.

—¿Quién?

—La gallega de tu instantánea.

Wangüemert, que era muy miope, se echó las gafas sobre la frente, acercó la foto y apretando los ojos, frunciéndolos, haciéndolos chinos, exclamó:

—¡Me cago, Lázaro! La dama tiene almorranas. ¿Cómo carajo lo supiste?

—Se ve claro en la foto, Luis. Además, recuerda que yo también soy gallego.

Era un enigma tratando de aclarar un misterio.

Cuando pasé a recogerla a la biblioteca donde esperaba a que yo saliera de *Carteles*, movió su pierna y la falda subió más allá de los muslos rollizos. No llevaba pantaloncito, llamado a veces blúmers. Le pregunté por qué.

—No sé lo que pasó —me dijo—. Los llevaba anoche pero esta mañana habían desaparecido. Los busqué por todo el cuarto y no aparecieron, créeme.

—Desaparecieron en el sueño.

—De veras que los perdí esta mañana.

—Perder la virginidad puede ser un accidente, perder los pantaloncitos me parece un designio.

—¿Qué dices?

—Nada, nada. No abras las piernas ahora, Polifemo te está mirando.

—¿Quién?

—El bibliotecario. Tiene un solo ojo, pero es certero.

Estelita, vine a descubrirlo demasiado tarde para el ser y temprano para mis dioses tutelares, no tenía lo que la gente llama conciencia. Era todo subconciencia: una conciencia sumergida que rara vez salía a flote. No es que Estelita me fuera infiel. Era que le era infiel a todo menos a sí misma. Su mayor infidelidad estaba reservada al sentido común. O mejor dicho, a las conveniencias sociales, a las convenciones.

Su insolencia no era una máscara, como pasa con muchas muchachas muy jóvenes. La insolencia de Estelita era de verdad verdad.

Ella no tenía la menor noción del pecado. Era como si buscando esa palabra en el diccionario no hubiera sido posible encontrarla entre sus páginas. Pero, para mí, ella era el pecado y en ese pecado llevaba ahora mi penitencia.

Una cosa era notable en Estelita: llevaba el sexo literalmente a flor de piel. La piel dulce. Con labia en su cuerpo. Grandes labios, breves labios. Su sexo no sólo estaba entre sus piernas, sino que se extendía por todo su cuerpo como una segunda piel —o como su verdadera piel, aquella que revelaba su vestido, pero la piel oculta también. Era, de veras, de lo más perturbador. Nunca toqué la carne de Estela porque siempre se interpuso su piel, su frontera.

«Vamos a coger por esta calle», le propuse. «No, mejor por esta otra. Pensándolo bien, por aquella otra.» Para terminar no cogiendo por ninguna. Era el plano ideal de la fuga: nos estaban permitidas todas las calles. Eso mismo me hizo detener, tomar más conciencia y hacerla a ella detenerse en esa esquina de cuatro calles si no de cuatro caminos. *Carfax!*

Carfax, corrupción de *Quatre Face*. *Ox. Dic.*: «Un lugar donde se encuentran cuatro caminos. En el siglo catorce se podía encontrar como nombre propio, y en anglonormando *carfuks* venía del francés antiguo *carrefurkes*, ahora *carrefour*. Encrucijada». En La Habana está la esquina de Cuatro Caminos, un cruce peligroso, pero en realidad sólo el encuentro de dos caminos, las calles Monte y Belascoain, de las que estamos tan lejos.

Hay que añadir que los suicidas se solían enterrar en el suelo del cruce de cuatro caminos.

Branly, que no había conocido mujer, pronunciaba erótico como errático, como si mordiera una teta. Fue al que pedí ayuda, que era un grito de auxilio. ¿Para qué son los amigos si no es para utilizarlos?

Branly era triste pero divertido. Al menos era divertido salir con él. A veces, sin embargo, era una especie de lo-coide. Un día bajábamos por la acera de Paseo hacia Línea cuando vi venir dos muchachas acera arriba. Venían convulsas de risa, de esa manera en que se ríen las muchachas populares: solas, salaces. Branly apretó los puños y chirrió los dientes.

—¡Mierda!

Creí que las conocía, pero las muchachas pasaron por mi lado sin hacernos el menor caso. Branly volvió a decir ¡mierda! *sotto voce.*

—¿Qué pasa ahora?

—Se estaban riendo de mí. ¿No lo viste?

—Vi que se estaban riendo.

—¡De mí! No cogí a una por el cuello, ¡así!, de milagro. Riéndose de mí. Soy en extremo peligroso cuando se ríen de mí.

Por un momento pensé que estaba bromeando. No se sabía nunca con Branly.

—¿Y por qué había de ser de ti? Bien podían estarse riendo de mí.

Mi argumento pareció calmarlo porque vi que soltaba los dedos del puño. Entonces, casi lastimoso, me preguntó:

—¿Tú crees entonces que se estaban riendo de ti y no de mí?

—No lo sé, pero bien podían reírse de mí.

—Tal vez se estaban riendo de los dos. ¡De los dos!

—Tal vez no se reían de nadie. Eso suele pasar con las muchachas, que se ríen solas. Es la edad.

—¿Tú crees?

—Es posible. Las he visto riéndose solas más de una vez. Es posible que éstas fueran de ésas.

—Menos mal.

—Menos mal ¿qué?

—Que por poco cojo a una por el cuello, así, y aprieto.

—¿Por qué no aprietas a las dos al mismo tiempo?

No se dio cuenta de nada.

—Estaba seguro que tú ibas a coger a la otra por el cuello.

—Nunca tuve esa intención.

—¿Para qué somos amigos entonces?

—No para coger a las mujeres por el cuello, a menos que sea el cuello del útero.

—Sabía que me ibas a decir eso. Te lo juro. Eso fue lo que me dije, que si cogía a una por el cuello la otra me iba a atacar y tú no ibas a hacer nada. Mal amigo. Eres de lo peor.

—Soy de lo peorcito.

Vi a Branly sonreír, reír. Tenía sentido del humor, aunque estaba como Hamlet, un poco loco. Lo fui a buscar un día al fondo de la casa de huéspedes. Estaba hablando con su madre. Como todo lo que ocurría con Branly, el diálogo era extraordinario. La madre de Branly, que parecía su abuela, aunque estaba en el patio, se lavaba los dientes pero hablaba. Tenía un cepillo de dientes pero hablaba. Tenía los labios apretados alrededor del cepillo pero todavía hablaba. Tenía además un buche de agua con pasta en la boca con que emitía ahora unos sonidos ininteligibles. Sin soltar el buche dijo algo entre el agua y la espuma, y Branly le respondió haciendo un buche de aire, emitiendo, imitando, los mismos sonidos ininteligibles de la madre. Era un diálogo de buches. Pero la madre desapareció dentro del cuarto para reaparecer enseguida, diciendo:

—Robertico, que soy tu madre.

Branly respondió:

—Y yo tu hijo. Mucho gusto en conocerte.

Nunca entendí por qué Branly y su madre vivían en

una casa de huéspedes que, aunque estaba en Línea, era mediocre, pobretona. La madre de Branly tenía un buen sueldo. Era farmacéutica diplomada en una farmacia acreditada. Siempre hay una receta que leer en una botica y la madre de Branly leía bien la letra médica. Se había divorciado del padre de Branly, que también era farmacéutico. La causa del divorcio fue una amiga suya que ella misma llevó a trabajar de auxiliar con su marido. La madre de Branly era ahora una vieja fea, pero se veía que debió ser aún más fea de joven. Pero la madrastra de Branly, cuando la conocí, vi que era más joven que la madre de Branly pero nunca debió ser bella. Era más bien amulatada y gorda. La madre de Branly era muy blanca. El padre de Branly era bizco, con los ojos juntos de Branly y no parcialmente loco como Branly, sino loco de atar. Cuando visité su casa un día, vestido de piyama al mediodía, no me hizo el menor caso, pero llevó a Branly al cuarto y yo, fascinado con su aspecto, seguí a Branly. El padre de Branly abrió entonces un enorme armario y comenzó a sacar trajes y más trajes, pero uno a uno y, ante cada traje, exclamaba: «¡Ya ves cómo estoy de flaco, Robertico! Pero estos trajes, que me quedan grandes ahora, me van a servir». Y de pronto devolvía ese traje al armario para exclamar: «¡Qué va, Robertico! Este traje no me va a volver a servir». Y volvía a sacar otro traje, tan grande como el anterior, para volver a decir: «¡Este traje sí me va a servir en cuanto engorde, Robertico! ¡Te lo juro!». Con esa extraña promesa sacó como diez trajes, que nunca le iban a servir porque el padre de Branly estaba enfermo de muerte desde que lo echaron del laboratorio en que trabajaban los tres: el padre, la madre y la madrastra de Branly.

Era un gran laboratorio, famoso en la literatura farmacéutica, donde fabricaban el Evanol, «para aliviar el dolor de la mujer en sus días críticos», y el Veracolate, para el hígado enfermo, que vendían mejor que el Evanol, que no era más que una aspirina con la cruz de Eva «que todas las mujeres tienen que llevar a cuestas», decía la leyenda, aunque siempre pensé que la mujer lo que lleva a cuestas no es a Eva sino a Adán. El Veracolate se vendía sin receta y era lo que se llamaría hoy un *best-seller* porque en Cuba entonces todo el mundo creía estar enfermo del hígado, bilioso o algo peor. Yo mismo por un tiempo creí que estaba enfermo del hígado y tomaba Veracolate a todas horas y lo único que conseguía era no mejorar mi hígado sino empeorar mi ano con las diarreas que daba esta panacea para el hígado. Hasta que un día un médico me dijo que nadie estaba enfermo del hígado más que los borrachos que padecen de cirrosis. «Y usted, ¿no toma?» «Yo sí», le dije, «yo tomo Veracolate.» «Lo toma por gusto», me dijo el médico, «porque usted, si está enfermo es de la vesícula y eso es una enfermedad de la mente, no del cuerpo. Todo lo que usted tiene, como todo el mundo, está en su mente.»

Debía haberme curado con este diagnóstico, pero me sentí peor del hígado hasta que Branly me regaló dos frascos de Bilezuev, hecho con bilis de buey, que era un invento del padre de Branly —y la causa de que lo echaran a él y a su mujer de los laboratorios que fabricaban el Veracolate. El padre de Branly había inventado una fórmula, secreta como todas las fórmulas, capaz de eliminar del mercado el Veracolate, en cuyos laboratorios había hecho producto a su fórmula. Me tomé los dos pomos de Bilezuev, como antes había tomado Veracolate, pero no me sentí mejor hasta que apareció en mi vida Estelita, que me sentí peor. Pero para ese entonces ya no se fabricaba en Cuba el Veracolate, gracias a la labor de zapa del padre de Branly y el padre de Branly dejó de hacer su Bilezuev porque ya no tenía más ni laboratorio ni fábrica. Fue eso, creo, lo que lo volvió loco. Aunque había en la familia de Branly una veta de locura evidente.

Un día Branly me preguntó:

—¿Quieres ir al oculista?

—Tengo veinte-veinte con espejuelos oscuros.

—No a ese oculista, a mi tío el oculista. Te va a interesar visitarlo.

—No, gracias.

—Habrá merienda.

El oculista tío de Branly tenía su consulta, que él insistía en llamar gabinete, a tres cuadras de la casa de huéspedes, en la avenida de los Presidentes y en una casa de dos pisos, elegante y sobria. Dentro era otra cosa. En la planta baja estaba la consulta, y en la planta alta lo que el tío de Branly llamaba su museo. No había nadie esperando en la sala de espera ni nadie en la consulta, por lo que seguimos al tío de Branly, que era más viejo que el padre de Branly —y más feo, si era posible.

—Vamos a mi laboratorio —propuso el tío de Branly.

No me sorprendió el saludo porque lo creí un chiste. Pero cuando se dio vuelta, y nosotros con él, comprobé que no bromeaba. Su laboratorio era en realidad un museo alemán. O mejor dicho, un museo de memorabilia nazi. Había cascos de acero alemanes de la Segunda Guerra Mundial por todas partes, vitrinas con medallas —la cruz de hierro, Pour le Mérite, la cruz militar («Con espadas», dijo) y la medalla para heridos de guerra. «Todas y más», me aseguró, «las ganó el Führer.» Aquí volvió a levantar el brazo para gritar ahora: *«Heil Hitler!»*. Sobre la pared extrema, dominando el museo, había una enorme bandera con la esvástica en un círculo blanco recortado en un campo rojo. Al llegar ante ella el doctor Branly, a quien Roberto llamaba en su cara «*Herr Professor*», dio un grito mayor y saludó: «*SIEG HEIL!*» varias veces.

—Perdone —me dijo— que no le muestre el retrato del Führer, pero por razones de fuerza mayor, usted comprende, lo tengo en mi despacho privado. Tengo una primera edición de *Mein Kampf*, que quiere decir *Mi lucha*. Como usted sabe, este libro fue escrito por ese gran hombre que fue Hermann Hess.

—*Rudolph* —interrumpió Branly a su tío—. Rudolph Hess.

—Rudolph Hess, sí. ¿Quién dijo otra cosa?

—Tú, tío —dijo Branly—. Tú, tío.

Sin hacer una pausa encaró al Dr. Branly:

—¿Y cuándo se come en esta casa?

—No ahora. Ésta es la hora del alimento espiritual.

—¿Y la merienda?

—Será una merienda del espíritu.

—Una merienda de negros —susurró Branly, y luego, en alta voz—: Nos vamos, tú —y a su tío—: *Sick Hell!*

Su tío, que sabía alemán pero no inglés, le devolvió el saludo: el brazo horizontal, la mano extendida, los dedos señalando juntos a la esvástica en su círculo blanco.

Branly, en cierta manera, era un discípulo de Bulnes. Desde el Quijote, un hombre alto siempre termina dominado por su escudero enano. Bulnes, que tenía el apellido que era el nombre de unos zapatos famosos, dejó su huella calzada en Branly. Branly, por ejemplo, decía cosas como que los hombres hechos y derechos formaban filas con soldados y burócratas, mediocres todos. «Pero», afirmaba, «en cuanto se tiene un cuerpo con un defecto, siempre se tienen opiniones propias.» En una ocasión dijo: «Nos duele menos el alma que un callo». O: «Lo que se llama corazón queda al sur de la solapa». También: «Siempre que pienso en los olores gratos, pienso en un Camel ardiendo. Es onanismo blanco». O por otra parte: «Todos tenemos un culo moral que no enseñamos en público y que cubrimos con los calzoncillos de la decencia y el pantalón de la urbanidad». De la muchachita que nos servía siempre la crema licuada, deliciosa, decía: «¿Te has dado cuenta de que tiene manos pecaminosas? Me sirve el helado como una geisha del norte». O todavía: «No creo en Dios. Prefiero creer en los fantasmas». O también: «Los curas no son otra cosa que muñecos de ventrílocuos. Dios habla por ellos». Siempre que pedía un vaso de agua con hielo, decía: «Si beber agua fuera un pecado», aseguraba, «el agua tendría un precio más alto».

Anunciaba: «Me he prometido no publicar un solo poema mientras no lo lea mi madre. Es más, me he prometido no darle a leer a mi madre un solo poema». Branly se creía un experto en mujeres, él que no tenía siquiera novia, y decía: «La mujer es el único animal que se ahoga en una lágrima». Que era, claro, sólo la punta del Lichtenberg. Del Dutch Cream declaraba: «Es un helado traducido al inglés» o «Es la *crème de la crème* de Holanda, allí donde las vacas son diosas y las vaqueras enojosas». De mí decía que yo citaba demasiados nombres en mi columna, donde «las citas pasaban de una página a otra sin detenerse jamás en mi cabeza». Lo que no era, después de todo, más que Lichten detrás de Berg. Me acusaba de ser un Don Juan: «Siempre te alejas de una mujer cuando la has conquistado». O se quejaba de hacer demasiado por mí: «Eres un intelectual. Lo único que haces por ti mismo es cortarte las uñas». Por cierto, ¿cómo se cortarían las uñas los antiguos?

Fue a este Branly a quien tuve que acudir por ayuda, que era malo. Lo peor fue que Branly me la dio.

Me di cita con él muy cerca de *Carteles* en el restaurant con el nombre apropiado: La Antigua Chiquita. Que Branly lo escogiera no era más que una de sus idiosincrasias, de sus gracias, de junio.

—Los idus de marzo ya no están aquí —me dijo—. Pero no se han ido. ¿Cuándo cruzamos el Almendares?

—Al fin solos.

—Solos —dijo Branly— es un palíndromo.

—Roberto —le dije y se sorprendió: yo nunca le llamaba Roberto y que lo hiciera ahora era el aviso de graves acontecimientos.

—Roberto —repetí, y Branly salió de su asombro—. Necesito tu ayuda.

—No hay más que hablar. Dime qué suegra hay que matar.

—La suegra ya está muerta. Es la hija, que me cuelga del cuello como un albatrós.

—Un alba atroz.

—No para ti.

—Levantarme tan temprano es siempre atroz.

—¿Temprano las nueve?

—Prácticamente un madrugonazo. Por eso detesto a Batista. Detesto de texto.

—Tengo la impresión de que ya he dicho eso.

—Si no lo has dicho, lo dirás, ya verás. ¿Qué quieres tan temprano?

—Se trata de una muchacha. Nos hemos escapado, yo de mi mujer, ella de su madre.

—¿Qué quieres? ¿Un último refugio?

—El primero fue una posada hace dos noches. El segundo fue la casa de Sarita.

—¿Tu cuñada?

—Esa misma. Vive arriba.

—No fuiste muy lejos.

—Y que lo digas. Ahora necesito una situación menos detestable, más estable. Un cuarto en tu casa de huéspedes, por ejemplo.

—Tampoco es ir muy lejos.

—¿Puede ser que hables, que convenzas a la dueña?

—A la dueña sólo la convencería José Martí.

—¿Es muy patriota?

—Es muy loca por los billetes de peso.

—Puedo pagar.

—Puedes pasar. Mi madre la convence del resto.

No se puede conocer La Habana sin conocer el barrio de El Vedado, como no se puede conocer El Vedado sin conocer la calle Calzada. Todo ocurrió esta vez en la calle Calzada, porque ocurrió en El Vedado. La casa de huéspedes donde vivía Branly con su madre estaba en el extremo sur de la calle Calzada, aunque no quedaba precisamente en la calle Calzada sino en una calle traviesa, la calle O esquina a Línea. Era una pensión o *boarding house* que no llegaba a *bed and breakfast* porque muchos de los inquilinos, como la madre de Branly, desayunaban en otra parte o no desayunaban.

Branly nunca me había invitado a comer a su casa donde la sopa no sonaba muy bien. Pero fui con él a varios bares donde servían comida caliente. Como el Camagüey, al costado de la facultad de Medicina, donde hacían un bisté que era un trozo de carne rodeado de una faja de bacon como un panal, que llamaban en el menú baby filete. Pero El Jardín no ha perdido nada de su encanto ni El Carmelo su esplendor.

Estela y yo esperamos mientras Branly trataba de abrir la puerta con una llave que no aparecía.

—¿Te das cuenta —me dijo— que siempre lo que buscamos está en el último bolsillo?

Dirigiéndose a Estelita, preguntó:

—¿Y el equipaje? —dándose cuenta, disculpándose, Estelita no tenía ni siquiera un cartucho que llevar, dijo—: Perdón, creí que era Margot. Entonces, cuando pasemos frente a la encargada diré: Nada que declarar.

—Excepto mi talento —dije—. Y excepto su belleza.

—*Please* —dijo Estela.

—*English spoken* —dijo Branly, dibujando un cartel con sus manos.

—Pues éste siempre dice taxi.

—Porque se llaman taxis.

—Nadie en Cuba dice taxi. Dicen máquina de alquiler y se acabó. Pero tú los llamas taxis. ¿Dónde crees que estás, en una película? Eres un pretencioso —dijo Estelita.

—Di mejor que soy un preciso.

—Un preciosista —dijo Branly.

—Pero un taxi siempre será un taxi.

—Lo que te hace un taxidermista.

—Taxi viene de taxímetro pero no hay un solo taxi con taxímetro en La Habana. Eso no los hace menos taxis.

—¿Taxifecho? —dijo Branly dándole broche de oro a la discusión—. *Andiamo*.

Entramos en la que sería la primera casa de Estela. Pero no la mía, pero no la mía.

La diosa, Venus o Astarté (decir su nombre es nombrarla a ella), causó la muerte de amor de su amado. Ahora, al revés, quiero hacer vivir a la diosa por un amor que dura más allá de la muerte. ¿Literatura? Es posible. Es también lo único que sé hacer para tratar de rescatarla de entre los muertos. Pero prefiero presentarla como la joven Moira, que explica su presencia entre todas esas muchachas díscolas que se amaban entre sí. Las tres amigas de Estela podían muy bien ser las gracias. Ella fue la que se fue. Esta isla, por demás, fue una vez otra Chipre. Recuerdo cómo iba con mi madre y sus amigas al mar para recoger coquinas de la orilla. Tradicionalmente quienes las recogían mejor eran las mujeres que se sentaban entre la arena y las olas y al mover sus caderas mojadas sacaban las coquinas con las nalgas. Estela tenía en su cuerpo otro tesoro: un lindo culo. Sus nalgas de algas no eran sino de una arena de oro firme: breves y paradas. Ah, si yo fuera sodomita.

Recordé al buen doctor: una joven y bella ninfa va a la cama. Va a la cama. Va a la cama. (Las repeticiones son mías no del poeta que «escribió por el honor del bello sexo», al tiempo que citaba a otro poeta.) Ella es la más mínima parte de ella misma. O sea la que no usa cosméticos para auxiliar su belleza. ¡Oh, Ovidio! Envidio. A ese escritor de boleros.

Ella estaba acostada boca abajo en la cama apenas camera.

—Hola, Louise —le dije.

—¿Qué cosa?

—Perdona que te llame Louise pero es que te pareces.

—¿A quién ahora?

—A Louise Murphy, que inventó la cama Murphy.

—¿Qué cama es ésa?

—Una cama plegable.

—Pero esta cama no es plegable.

—Por eso lo digo.

—Las cosas que dices, mi vida.

—No me llames mi vida porque no me conoces todavía. ¿Tú sabes qué diría Casanova si te viera ahora?

—¿Quién es Casanova?

—Déjame terminar. Diría Casa: «Tenía toda la belleza que un pintor o la madre naturaleza podían conferir».

—Sí, está bien, pero ¿quién es ese Casa Nova?

—El dueño de un ingenio. Pero Diderot me dijo al entrar. Y no me preguntes quién es Diderot. Me dijo él: «Una mujer completamente desnuda boca abajo entre almohadas, las piernas separadas ofreciendo su más voluptuosa espalda, las nalgas desnudas y magníficas». Eso dijo Diderot.

—Bah... eso sí que sí (Habanera tú).

Y al decirlo se volvió para mostrar su pubis.

El papo (en sexología el penil) es una protuberancia delante del hueso púbico formada por una almohada adiposa cubierta de una piel espesa que se puebla de vellos en la pubertad. En la comisura vulvar, casi el comisario del sexo, aparecen los grandes labios que ocultan los pequeños labios —o ¡ninfas! Más que la *conjunctio membrorum*, conseguí la *immissio penis*. Por supuesto no hubo violación sino amor mutuo, una fuga a dos voces.

Más tarde pude oírla en el baño. Fuente sobre fuente. Borborigmos de estío. Oír sonar los santos excrementos de Estelita. ¿La estaría yo convirtiéndola a ella en una causa célebre? Una isla célibe.

Branly trajo su guitarra al portal. Era temprano en la noche. Se sentó en una silla que traía en la otra mano y cruzó la guitarra sobre su caja toráxica como un mecanismo de resonancia.

—¿Qué quieren que les cante?

—Todo —dije yo—, menos Atahualpa Yupanqui.

Ese cante estaba de moda en La Habana, aunque parezca increíble con sus lamentos de ruedas y ejes de carretas que aseguraba que era aburrido seguir sus huellas. Esa música sudamericana era «realmente insoportante», como decía Branly. Pero lo había dicho para molestar a las damas presentes. Branly era, como decía él, un soldado boleroso: amante no sólo de cantar boleros sino de componerlos a la luz de la luna. Ahora comenzó a puntear más que a rasguear la guitarra y luego intentó cantar con su voz mínima y su máxima afinación. Envidiaba el arte sutil de Branly y a la vez tenía celos de la atención que le prestaba Estelita que, como se sabe, no tenía oído musical. Empezó a cantar. Era, modesto, un bolero ajeno:

No existe un momento del día
en que pueda olvidarme de ti.
El mundo parece distinto
cuando no estás junto a mí.

Parecía que reproduzco ahora una nota (musical) alusiva, pero de veras que Branly cantaba así, así cantaba, así:

No hay bella melodía
donde no surjas tú
y no quiero escucharla
si no la escuchas tú.

Pero Estelita no escuchaba: simplemente fumaba un cigarrillo tras otro. Después, más poderoso que la tarde y la música, era su aliento donde el aroma del tabaco rubio dejaba casi un sabor que no sería femenino pero era memorable. Eran días lábiles: líquidos discurrían pero se harían sólidos como el crepúsculo ahí afuera —y tan lentos en hacerse noche.

La guitarra de Branly sonaba como un gato en celo —y no

me gustaba que no le cantara a la luna eterna sino a la pasajera belleza de Estela que no podía durar, pero mientras duraba me concernía a mí solo, sólo, solamente. So lamento.

—A ti no te toca que te toquen —le dije.

—Así es —dijo ella con cierta petulancia, orgullosa como Kafka de no tener oído sino odio para la música.

—¿Qué ves entonces, ya que no oyes?

—Las manos de Branly, que son bellas cuando se mueven, moviéndose sobre las cuerdas que brillan bajo sus dedos.

— Pictórica estáis.

¿Estaba celoso? ¿De Branly? ¿Por qué no también de la música y de la tarde y de la guitarra que ella miraba tocar? Hotel O. Allí estaba el Nacional y la yerba sobre la que la conocí. Pero ¿la conocí realmente? ¿La conocía? Está bueno ya. Son demasiadas interrogantes para un párrafo. Oye como el bolero se vuelve una balada. La música es la madre de las musas. No, Mnemósine es. Es ¿Qué cosa? No recuerdo.

Ah, bella blonda, monda y lironda. O monda sola. Ella, rubia, se doblaba sobre la guitarra amarilla mientras Branly ejecutaba, ése es el verbo, un bolero, «triste como la tarde» cantó. No era que a ella le interesara la melodía profunda, pero ella interrumpió su solo para extraer la cajetilla de un bolsillo. La abrió, sacó un cigarrillo y lo encendió con el cigarrillo que Branly tenía en la boca mientras tocaba. Branly y, como decía él, su cigarrito. El dúo deletéreo. Esa armonía dudosa le costó la vida. Murió de cáncer de pulmón. El B. murió, macabra ocasión, el día de mi cumpleaños exactamente. Pero muchos años después de esa tarde de música de guitarra y Estelita. También fue una ocasión de cigarrillos cuyo humo no encubrieron mis celos.

Ella odiaba el café, para mí en cambio el café es lo que le da sentido al día. ¿Qué desayuno podría haber sin el café con leche, sin el café? Claro, puro, caliente caliente, tibio pero nunca frío. El café es nuestra vida. Mr. Rendfield. Oiga cómo silba italiana la cafetera, la música que hace. Sobre todo esta nueva Gaggia de la cafetera debajo del cine Radiocentro. El edificio, aun si el arquitecto no se lo propuso, es una gran ballena en concreto. La enorme boca y los largos dientes quedan encima del cine y las fauces se abren para permitir al público y hacer llegar a ustedes la emoción y el romance de una nueva película. El resto, la carcasa, es el edificio Radiocentro, la cafetería en la cola y al lado los estudios de radio y televisión que son adiposidad de la *spermacetti*. El resto es el restorán chino Pekín, donde una vez vi una belleza china, alta, con largas piernas que abrían su *cheongsam* para dejarme ver los muslos lívidos. ¡Ah, Anna May-Wong!

Ahora yo estaba tomando café, iba a tomar café, un espresso solo. Solo el café y solo yo. La cafetera, esta vez no la máquina de hacer café o la tienducha de vender café, sino la vendedora, la empleada, era, tatí tatí, ¡Sabrina! No se llamaba Sabrina, por supuesto, pero en esa esquina de todos los espectáculos, esa zona todarradio, era inevitable que ella se llamara Sabrina. Era también un escarnio por ser rubia (teñida), gorda y con las tetas más grandes del hemisferio: más que medias esferas, cada teta esfera y media.

—Por favor, un café.

Ella estaba atendiendo a la máquina: poniendo polvo de café en la copa, rebosándola, echando en el reservorio el café que sobra barrido con una paletica plástica y tratando de insertar la copa en la abertura de la máquina que daba para cinco. Pero todo lo hacía tan lento que le dije:

—Por favor —y de nuevo—: Por favor.

Ella se volvió rápida como un reflejo para silbar:

—¡Por favor, por favor! ¿Qué te pasa? ¿Es que no eres cubano o qué?

—O qué.

Rampa abajo me patié el tobillo izquierdo con el zapato derecho. Tengo esta manera de caminar lanzando el pie derecho hacia fuera, pero al hacerlo el tacón suele golpearme el otro tobillo. Luego me golpeo el golpe y en ocasiones al llegar a la casa compruebo que el tobillo sangra. A veces voy cojo por el mundo y si me descuido me ayudan a atravesar la calle. Mi miedo es que si me detengo en la esquina me den una limosna. De veras que parezco un inválido de guerra. Con los años, he aprendido a controlar mi paso, pero a veces me golpeo el tobillo y recuerdo mi vieja herida.

Pasé, por la acera de enfrente, frente al edificio donde la conocí. Debía de haber ahí una tarja, con una estela conmemorativa que dijera: «BOY MEETS GIRL», como en el cine. Arriba, ahora, había un garaje que no era un garaje, era una casa, en sentido comercial, que vendía automóviles de uso, que quedaban recortados en autos, Ambar Motors: carros caros. Pero en la esquina, antes de ver el pedrusco en que terminaba el callejón, vi la heladería llamada Dutch

Cream, en que habaneritas vestidas de holandesas erradas (traje negro, tocas blancas) vendían un helado a punto de derretirse, por la confección, no por el calor. Era la crema holandesa que anunciaban a lo alto, por todo lo alto, y que hizo furor hace apenas unos años, languideciendo ahora a pesar del verano violento. Ahí venía yo, solía, con Branly, enamorado perpetuo, ahora de una de las que él llamaba chicas chuecas, que cortejaba comiendo sucesivos helados hasta la indigestión, sin decir otra cosa que chistes que pasaban por encima de las cabezas tocadas. Una salida suya memorable fue decir, después de lamentar que no hubiera asiento ante el mostrador: «Es que mi amor es de una naturaleza de pie, y de otra sentado».

Esta Creta rodeada de cretinos por todas partes —menos por el cielo justiciero con su sol de justicia que no tarda en llegar. En esta Habana, que hace a los hombres y los gasta. También gasta a las mujeres, no crean. Aunque las mujeres ya están hechas cuando nacen.

La Habana está situada a la entrada del golfo de México y recorrida de sur a norte por la corriente del Golfo, entre los paralelos 19° 49' y 23° 15' N y los meridianos 74° 8 y 84° 57 O. El Vedado es un barrio.

Sol, sol enemigo. Pero ¿sólo el sol? El Malecón, a pesar del mar, es inhóspito entonces. Recorrerlo, como hacía ella, del torreón de San Lázaro hasta el caballo de bronce del Titán epónimo, ese Maceo, jinete hacia el mar: era un gesto desquiciado. O en todo caso, desquiciante. Pero si yo le preguntaba qué hacía en el Malecón a pleno día, a pleno sol, siempre respondía: «Pasear». ¿Pasear sentada al muro, al resistero? Ése era yo y ella explicaba: «Se puede pasear estando sentada». ¿Qué se puede decir ante esa frase budista, sin duda aprendida en cualquier manual de budismo zen que de seguro ella no había leído? ¿Tendría yo que aplaudir con una sola mano? Zenzén para el mal aliento del alma. Si suspiro.

Casi caminando atravesé la calle, impelido y a la vez impedido por un sentimiento nuevo aunque repetido.

Sin siquiera subirme al muro del Malecón pude ver que había algo de Alicia en Estela. El mismo hecho de que se hacía Estelita para luego volverse Estela, creciendo y decreciendo, eran tretas de Alicia. Pude verla en ocasiones a través del espejo.

Ella me pidió un cigarro y allí sentados en el muro del Malecón, mirando al mar y de espaldas a la ciudad, saqué un Marlboro, saqué dos y los encendí protegiendo la llama como si fuera el fuego fatuo del soldado desconocido. Le di uno de los dos a ella y, al hacerlo como Paul Henreid, le pregunté: «*Do you believe in eternity?*».

—¿Qué cosa? —dijo ella.

—Que si crees en la eternidad.

—Más creo en la maternidad y ya sabes la opinión que tengo de mi madre.

—Difunta.

—Es cómico.

¿Qué sería cómico para una Estela sin sentido del humor?

—De un carrito de juguete salió un hombre enorme.

—Como en el circo. ¿No has visto en el circo un automovilito del que salen diez payasos enanos perseguidos por un gigante amenazador?

—Nunca fui al circo.

—¿No te llevaron al circo cuando niña?

—No, nunca.

—¿De veras?

—Jamás. Pero es muy cómico ver salir a Junior tan grande de un carrito tan chiquito.

—Ese carrito de circo es un MG.

—¿Qué es un emegé?

—Un carrito deportivo enano. Junior, tan grande, maneja uno. Eso le costó caro.

—No se veía nada raro. Se veía muy bien.

—Dije carro caro, no raro. Es algo que pasó hace años. Tuvo un accidente mortal. No para él, para su conciencia. Mató a un niño que cruzaba la calle.

El MG era el carro original venido de Inglaterra con el timón a la izquierda. Ésa fue una disposición del destino. Junior manejaba por la derecha en la calle 23 y el semáforo lo detuvo un momento. Pero ese momento lo aprovechó un niño que iba al cine (su padre lo había dejado en la acera de enfrente) para pasar por delante de un autobús que arrancaba. Junior, creyendo que el semáforo que ocultaba el autobús se ponía verde, en vez de esperar tal vez uno o dos segundos más, se adelantó y el niño salió entonces de delante del autobús, que fue una avanzada de la muerte. El carro de Junior lo cogió por debajo de las rodillas, lo levantó y el niño cayó de cabeza y se desnucó. El padre, que creyó haber dejado a su hijo en lo seguro de la acera, no vio morir a su hijo, y Junior tuvo que recobrarlo casi de debajo de sus ruedas. El padre, cuando se enteró, transfirió su culpa a Junior y estuvo buscándolo para matarlo. Nunca lo encontró. Pero lo encontraste tú.

—El pobre —dijo Estela, que nunca usaba inflexiones.

—Sí, pobre muchachito muerto por culpa del cine.

—No —dijo ella—, pobre tu amigo. El muchacho está muerto y no hay nada que hacer, pero tu amigo ha tenido que vivir con esa tragedia. Según tú, la vive todavía.

—Es una tragedia portátil.

—No te rías.

—Hablo perfectamente en serio.

—Pobre. Es que la vida, en su mejor momento, es apenas soportable.

—Hablas como el general Yen.

—¿Quién es ése?

—Un chino que tiene una lavandería en la calle Bernaza.

—No me dijo nada de eso. No me contó nada. Solamente vino a sentarse a mi lado en el muro. Luego, cuando hablamos, me contó que era amigo tuyo. Que me conocía. No de ahora sentada en el Malecón, que me conoció antes contigo.

—Lo conociste en La Maravilla. ¿No te acuerdas?

—Ni idea.

—Fue el restaurant que fuimos al otro día de escaparnos.

—No me acuerdo.

—Es que Junior no es precisamente inolvidable.

—Es alto.

—¿Y eso lo hace inolvidable?

—También es bello.

—Sí, si te gustan las jirafas. Alto, cuello largo, cabeza pequeña. Pero basta de moler mi ingenio. ¿De qué hablaron, si se puede saber?

—Oh, cosas. Nada importante, nada decisivo, nada que añadir.

—Para hablar de nada, hablaron bastante.

—Es que hablamos varias veces.

—Se explica.

—Estás celoso. No me digas que no.

—¿De Junior? No me hagas reír...

—Que tienes el labio partido.

—¿Dije yo eso?

—No, pero se te nota. Se te ve a la legua.

—¿Mis labios o mis celos?

—Las dos cosas.

—Estás equivocada. Junior es mi amigo.

—Eso dice él. Pero siempre se está más celoso de los amigos que de los enemigos.

Sólo el sol es mi enemigo. La calle al sol de junio no es tan hostil como es otra calle, llamémosla Línea, al sol de agosto, pero se parece a cualquier calle. Digamos la calle 23 en julio. No habíamos salido nunca del dédalo inventado por un alcalde americano y fue mi profesor de inglés quien me reveló su mapa, ordenado según el *gridiron plan*, que tradujo como la parrilla. En verano, la parrilla se hace asador. Pero la disposición de las calles es, al revés del laberinto, en extremo fácil. De Infanta, donde comienza la calle 23, hasta la calle 32, donde termina, las calles todas tienen un número por nombre, las que suben hasta el río con números impares —23, 25, 27, etc.— mientras las calles transversales llevan números pares desde Infanta y se llaman con letras: A, B, C, etc. No recuerdo otra salida del perímetro que va de la calle O donde la conocí, hasta el Almendares, que se llamaba, se llama todavía, El Vedado. Pocas calles de El Vedado tienen nombre y no números o letras. Se llaman Paseo, Baños y, en la periferia, hay calles como Humboldt, que en realidad no están en El Vedado porque nacen por debajo de la calle Infanta. Algunas calles, como la calle L, terminan en La Habana propiamente dicha, pero son raras y rectas, como San Lázaro. La calle Línea, que comienza en el Malecón y acaba en el Almendares, es una avenida excepcional. No sólo porque tiene nombre en vez de números o letras, sino porque es una calle como un afluente inverso: empieza en el mar y termina en el río. La calle Línea no es mi favorita. No la odio como a San Lázaro, pero no viviría en ella para nada, aunque era, ahora, la calle donde ella vivía. Mientras la calle Calzada, paralela, hay que decirlo, es mi calle favorita —y no, ciertamente, porque ella viviera allí por un tiempo.

En este trazado estaba el trazo que me definía: éramos dos piedras en el juego de Go, donde los jugadores se dividen en débiles y fuertes, pero éramos a la vez los jugadores y el juego. Siempre se da ventaja al jugador débil antes de comenzar a jugar. Que gane el peor. En ese diagrama, que no era un plano azul, a pesar del cielo consentidor, nos encontramos para perdernos. Eso se llama, también, destino. Palabra enorme del Go. Con la excepción de los tres viajes a su casa del Quibú y de las breves visitas a La Habana propia no habíamos dejado el barrio que fue un laberinto. No, miento. Fue muy poco el tiempo que ella pasó en la biblioteca, mientras esperaba que yo saliera de *Carteles* para almorzar. Dos fueron los viajes, dos: uno a la avenida del Puerto el día después de la primera noche y luego cuando fuimos a La Maravilla, al borde de La Habana. Aquí fue donde entró Junior Doce, sonriendo con sus dientes falsos.

Cruzando la calle Infanta rumbo, aunque no lo crean, al cine Infanta, me dijo:

—Tengo la luna.

—¿Qué cosa?

—Que me bajó la luna.

No entendía.

—La regla.

—¿Desde cuándo?

—Desde ahora. Tienes que comprarme Tampax.

—¿Comprarte qué?

—En una botica. Tampax.

—¿Qué cosa es eso?

—Tampax es un tapón higiénico que uno se inserta durante la regla.

—Creía que se llamaba Kotex.

—Estás atrasado, querido.

Ella tomaba Evanol. Oí hablar del Tampax por primera vez a ella. Hija de enfermera.

Para Adán, Eva no es más que una hoja del libro de Dios. Una hoja de parra.

Me dediqué no a cuidar mi jardín sino El Jardín, café con terraza de Línea y G.

Pasamos junto al jardín privado que estaba en la calle 19 casi esquina con A (Ah, A). Después dejamos detrás la iglesia de San Juan de Letrán, Estelita no se interesaba por iglesias ni jardines. Pero, me dijo, había estado esperando el primer día para escapar al sol junto a los jardines comerciales de Zapata, donde hacía fresco. Allí, los jardines tenían nombres: El Gladiolo, La Diamella, La Dalia, La Hortensia, todos como convenía, nombres de flores, menos los ubicuos Goyanes y Trías. No me interesaban los jardines sino sus nombres. Se agolpaban hacia Zapata frente al cementerio, pero sus direcciones eran siempre 12 y 23, una esquina más abajo para evitar la contaminación de los muertos. A Estelita no le interesaban las flores que apasionaban a mi madre, aunque mi padre era todavía más indiferente. Sólo le interesaban el comunismo y los periódicos, todos, que leía de arriba abajo. Cada vez que mi madre venía a enseñarle las flores que había comprado, mi padre, desde detrás del periódico, rezongaba. Un día vino mi madre con un bouquet nuevo y le dijo a mi padre: «Son violetas rusas», y mi padre soltó el periódico y una frase: «¡Déjame verlas!».

Le hice el cuento a Estelita pero no le hizo gracia. No se puede decir que su fuerte fuera el humor. Ahora pasamos frente a la casa de Martha Frayde, que compartía con mi madre el amor a las flores.

—Aunque no lo creas, hay música en el aire esta noche.

—Eres un romántico, tú sabes.

—El romanticismo pasó de moda con la música de Chopin.

—¿Quién es ése?

—Era el pianista de la orquesta de Chepín Chovén.

—Jamás lo oí nombrar. ¿Somos fugitivos?

—Solamente de tu madre y de mi mujer.

—Ya sé, ya sé. ¿Tú sabes lo que dice un tío mío?

—No tengo la menor idea.

—Dice que cuando un hombre le dice a una mujer que es casado por delante...

—¿Casado por delante?

—No, coño, estúpido que eres. Dice mi tío que cuando un hombre pone las cartas sobre la mesa desde el principio es que ese hombre no ama a esa mujer.

—¿Cómo se llama tu tío?

—Alfonso. José Alfonso.

—Lo que acabas de anunciar es la Segunda Ley de la Gravitación de los Cuerpos según Alfonso.

—¿Qué cosa es eso, por favor?

—Alfonso, además de tener un cráter en la luna, es un científico del amor.

—Me apabullas con tu ciencia.

—Infusa.

—¿Quién es Infusa?

—Una tía mía en mi pueblo.

—Me estás tomando el pelo.

—Sólo la mano. Espero que después venga el brazo y

su contrario el antebrazo, la axila y luego la bien llamada mama con su carnal.

—*Please*, que me crucificas.

—¿No me crees? ¿En qué crees entonces?

—En nada.

—¿En nada en nada?

—En todo caso no en mí. ¿Y tú?

—Creo en esta calle, en este barrio, El Vedado, en La Habana, en el mar, en la corriente del Golfo, en el trópico. También creo en ti.

—¿Me estás corriendo una máquina?

—En absoluto. Creo en ti como creo en la ciudad y en la noche.

—¿Tú crees en mí?

—Creo que creo, sí. ¿Tú qué crees que yo creo?

—Supongo que crees en mi sexo.

—¿Femenino o masculino?

—En serio. Crees en mi sexo pero tal vez no creas en mi persona.

—¿Cuál es la diferencia?

—Crees que soy una mujer.

—Eres en realidad una muchacha.

—Eso era antes. Ahora soy una mujer. Puedo quedar en estado.

—Dios no lo quiera.

—Y hasta tener hijos. ¿Te das cuenta?

—En francés, *est-ce que tu te rends compte*?

—¿Puedes hablar en serio?

—No de cosas tan serias. *I'm sorry*. He nacido para el chiste y la chacota.

Ella parecía bilingüe, pero su bilingüismo residía en su tono de voz. Hablaba con una voz normal, más bien apagada, pero de pronto remitía más que emitía una frase o media frase a un falsete tan agudo que parecía pertenecer a otra voz, a otra persona. Recordaba una sesión espiritista en que la médium hablaba con diferentes voces. A veces era divertido, otras veces inquietante, como si hablara con dos personas diferentes ante una sola presencia verdadera.

Si acaso Estela era una natural. Era natural. Conocí mujeres y aun muchachas que se pasaban la vida ensayando un papel que nunca llegarían a representar. La vida era una escena en tiempo de ensayos. Pero no era que fueran falsas: eran actrices sin papel que ensayaban el personaje de su vida. No conocí persona más sincera que Estela, pero su sinceridad, como todas, creaba a su alrededor un corro de hipócritas. Estela era la antiactriz, y como Estelita habría falsete en su voz pero no una sola nota falsa.

Ella era, qué duda cabe, una presencia con un cuerpo. Si ella no hubiera muerto y leyera estas páginas, de seguro que me diría, con su mejor tono despectivo: «No editorialices, querido», y la misma palabra «querido» no sería menos irónica en su voz. Pero ella, hay que decirlo, era una mujer sin máscara. Ni siquiera usaba maquillaje. No creo ni que se untara los labios con creyón. La belleza es de la juventud y ella era bella porque era muy joven. Nunca la vi envejecer y me alegro porque debió perder todo lo que la hacía deseable. Creía, antes, que el amor la hacía bella, pero era solamente una vanidad mía, mi vanidad de creer que ella estaba enamorada de mí. No estaba enamorada de nadie, ni siquiera de ella misma. Sobre todo no de ella misma.

Branly me miró con sus dos ojos que eran uno. No que fuera otro cíclope cubano sino que sus ojos estaban tan juntos que su mirada no era, no podía ser, tridimensional. Ni siquiera bidimensional. Pero si no veía en dos dimensiones, había dos Branlys visuales. Uno de perfil y otro de frente. Fue Germán Puig (artista invitado) quien advirtió que Branly tenía un buen perfil, el mejor perfil de todos nosotros los de entonces. Pero no se puede ir por la vida de perfil. Me di cuenta de lo juntos que tenía Branly sus ojos cuando le presté mis anteojos. Me los había regalado Pino Zitto (coleccionista) cuando nos mudamos al Vedado. Allá arriba, en la calle 27, en un cuarto piso del que se veía el mar y todo el barrio, mayormente techos y azoteas pero también cuartos de ventanas abiertas por el calor y la noche. Para colmo, el edificio quedaba en lo más alto de la avenida de los Presidentes y las posibilidades del mirón eran muchas. Le presté los binoculares a Branly y me los devolvió un monóculo. Tan juntos estaban sus ojos. Creo que es por eso que Branly usaba esas gafas negras de día y de noche, para ocultar la fealdad de sus ojos. Pero me alegraba yo. Siempre es bueno tener un amigo más feo que tú.

Branly vino a mí con una confesión nada extraña:

—Creo que me estoy enamorando.

—Ya tienes edad.

—Pero es de Estelita que, creo, me parece, tal vez esté enamorado.

—Me parece bien.

—¿No te molesta?

—Mientras no sea ella quien se enamore.

—Tú tan tranquilo. El virus Elvira —sentenció Branly.

—¿Tú crees? —dije yo.

—Si te digo que tengo la sitacosis y te quedas como si tal cosa. —Era la frase querida del viejo Branly.

—Si quieres hacer de Yago, te advierto que no seré tu Otelo.

Esperaba a Estela en el portal de la casa de huéspedes para llevarla conmigo a una prueba privada de *Funny Face* y, cuando salió, la encargada levantó los brazos. Los dos. En la axila de uno tenía un valle y en la otra un inclán. Un perfecto Valle Inclán debajo de los brazos. María Axiladora. Y me dijo en tono de confidencia teatral, un astuto aparte:

—Robertico no está.

—Ya sé. Estoy esperando a Estela.

—Yo sé.

Lo dijo como si lo supiera todo.

—Pobre Robertico —dijo de pronto y suspiró para añadir—: Pero usted no es el único que la espera.

—¿Cómo dice?

—Como oye. Ella sale con Robertico, pobre muchacho, y estuvo un hombre aquí esperándola hace cosa de dos días.

—¿Y quién era? —pregunté, picado.

—¡Cómo voy a saberlo yo! Eso es cosa suya. A mí ella

no me interesa nada de su vida. Quien me preocupa es Robertico.

A mí quien me preocupaba era Estelita, ahora Estela. Sé que sería como el cuento del marido que sorprende a su mujer con otro hombre en su sofá y estalla furioso, vengativo: «¡Esto se acaba ahora mismo!», y decide vender el sofá. Decidí que Estela no debía seguir viviendo en la casa de huéspedes. Mi nombre no era Cornelio.

Como un toro en su querencia vine a la casa de huéspedes. Era tarde pero no tan tarde como para entrar y encontrar a Estela. Pero toda la casa dormía. Regresé a la calle y miré a la fachada, ahora un dibujo de Chas Adams. De pronto, sin darme cuenta, me salió un grito por la boca apretada:

—¡Estela!

Nadie me respondió.

—¡Estela!

Y di un grito mayor:

—¡Estela!

Al fondo y por la puerta abierta se encendió una luz.

—Ah —dijo una voz—, ¿eres tú, Kowalski?

Era, por supuesto, Branly.

—¿Qué haces clamando por una mujer a estas horas?

—Busco a Estela.

—Debe de estar refugiada con su hermana Blanche.

—En serio, vine a buscarla pero creo que se ha fugado.

—¿Has buscado en su cuarto?

—¿Cómo voy a buscar si todo está cerrado?

—Pero hay una ventana, al lado, justo al lado.

Dejé a Branly y fui a buscar la ventana que no tenía cortina.

—Está todo oscuro.

—Para eso tengo un remedio —dijo, y se internó en la casa.

Volvió con un objeto metálico en la mano.

—¿Qué es eso?

—Una linterna, qué va a ser.

Me la entregó. Regresé a la ventana, encendí la linterna y la enfoqué dentro del cuarto. Iluminé una cama lateral y en ella, dormida, estaba Estela. Regresé a Branly para devolverle la linterna.

—¿Encendió? Esa linterna es un poco neurótica.

—Sí encendió.

—¿Y qué viste?

—A Estela, dormida en su cama, tranquila, en reposo.

—¿Y no roncaba?

Antes de irme mandé a Branly al carajo y me respondió:

—En el carajo estás tú. Carajo, como sabes, siempre se traduce por infierno.

Delante del Trotcha crecía un ficus frondoso que nunca derribaron. Ni siquiera cuando hicieron del teatro hotel residencial porque su aspecto era de veras impenetrable: sus varios troncos, suficientes para ser otros árboles, crecían por entre las múltiples raíces aéreas hasta perderse detrás de las ramas cubiertas de hojas perennes.

A principios de siglo, el ala izquierda del Trotcha había sido un teatro (del que sobrevivía un frontis de mármol entre arcano y elegante), pero ahora era la entrada al hotel que quedaba al fondo de jardines diversos. El verdadero hotel era un edificio de madera pintado de blanco, con un balcón corredizo que se convertía en galería. Las puertas eran estrechas y débiles y las ventanas tenían venecianas. Siempre me gustó el Trotcha. Siempre quise vivir en ese hotel que era mitad vergel, mitad laberinto, y ahora lo hacía por persona interpuesta pero en condiciones que hacían de mí y de ella el último refugio de dos desesperados.

La entrada es amplia, abierta como la de un viejo teatro. Da, al frente, a un mostrador que debe ser la recepción y que hacc olvidar al teatro. Todo está enmarcado en caoba o tal vez otra madera preciosa. A un lado está la entrada al hall (que es más bien el pasillo que daría al patio de lunetas), que está presidida, a la derecha, por un enorme espejo que ha perdido en parte su azogue y lo que queda es una luna oscura. El espejo, oscuro, nos dobla sin embargo como si quisiera multiplicarnos en inesperados facsímiles. Un espejo que no esperamos es siempre perturbador. Era oval, y reflejada estaba esta pareja: ella, menuda, rubia, casi una niña de aspecto, y su seguro servidor, un poco más alto, no mucho más, moreno no buen mozo siquiera. Pero, *pero* no parecíamos una pareja de fugitivos buscando en el hotel amparo. Buscábamos refugio, una guarida. No en un rincón oculto de la ciudad, sino en medio de El Vedado, en un antiguo teatro favorecido antes por la alta burguesía y ahora convertido en un hotel después de haber sido, en el ínterin, un balneario a la moda, con cabañas que rodeaban una fuente que era un surtidor de aguas medicinales y que en el siglo pasado fue nuestro Marienbad, que por supuesto quiere decir baños de María (pero no baño de maría), donde según dicen no llegó a bañarse nadie.

El lobby no era uno de esos siniestros, que son siempre la antesala del infierno, sino un vestíbulo, tal vez la vieja saleta del teatro. Pero el recinto estaba poblado por viejos, viejitos y vejetes que le daban al ambiente aspecto de un centro de veteranos. La recepción (si es que puede llamarse recepción a aquel mostrador que era la contrapartida de la antesala de ancianos) parecía un consultorio geriátrico en un día de visita. La única excepción era una mujer joven, aunque no era una muchacha, de pelo negro como sus ojos, que se parecía a la Pocahontas que viene en las historias americanas (ilustradas). Me dirigí a la menos vieja de las viejas que bien podría tener un año menos que la momia de Tutankhamon. Le dije que quería alquilar un cuarto (que pronuncié habitación) no para mí sino para acá mi hermana. La recepcionista, que eso era, me preguntó cómo pagaría. «¿Por mes o por semana?», le dije que por semana, claro: pagar como me pagaban, pero añadí que quien pagaría sería mi hermana. No había notado el efecto producido por la palabra hermana con mis características dotes histriónicas, vi que la mujer morena sacó sus dientes (fuertes y chatos con manchas blancas) en una sonrisa conocedora: ella sabía. Estela podría ser hermana mía si mi madre se hubiera casado no con mi padre sino con un sueco. Considérenme un paso atrás, por favor. Su antipatía se hizo mutua, mientras yo hacía o trataba, detenido ahora por la vieja recepcionante que me decía: «Una semana adelantada, claro». De algún bolsillo hasta ahora secreto saqué cuatro billetes de a cinco y como cambio me entregaba ella la llave. Se la pasé a Estelita y ella echó a caminar tierra adentro. Al pasar, la mujer que se había hecho ahora muchacho le sonrió a Estela en señal de que entendía.

La entrada, el lobby y este pasillo, que aparentemente no lleva ahora a ninguna parte, se ven de otro siglo, de cuando este hotel era un teatro de extramuros para diversión de los vecinos del Vedado. Era, realmente, un coto vedado. No eran muchos los vecinos, pero eran ricos y se permitían el lujo de tener un teatro privado tan lejos, entonces, de La Habana. ¿De dónde vendría el nombre de Trotcha? Ahora, con todas esas mujeres por todas partes, debía haberse llamado Nymphenburg, fortaleza de ninfas fuertes a juzgar por las muestras.

El Trotcha, que había comenzado como un teatro, era, todavía, un escenario. A los jardines se les había añadido no poca rocalla para un diseño rococó, que contrastaba con la galería abierta toda blanca. Allí, en el cuarto número 7, estaba ella ahora entrando detrás de mí, hombre con la llave de la felicidad en la mano.

Pero no bien entró se quitó toda la ropa, no para excitarme sino, claro, como señal de desenfado. Ni siquiera dijo: «¡Uf, qué calor hace!», porque hubiera sido una concesión a cierta molestia de la que quería librarse. Era un acto totalmente gratuito. Así era Estelita. O así se había convertido Estelita en Estela. Nunca dije que fuera mi Estelita. Estalactita que *pendent* con mi estalagmita: apéndices en una cueva blanda. Pero aunque el cuarto estaba oscuro a pesar de las persianas persas o venecianas o lo que fueran, podía ver su cuerpo corito atravesar el cuarto, llegar hasta la cama, central, y tirarse en ella boca abajo, sin moverse más. Nunca he sido sodomita pero pensé sodomizarla inmediatamente. Aunque emanaba de ella un rechazo no de mí sino del mundo allá afuera, donde la gente, a pesar del calor, del sol y del trópico, suele andar vestida y calzada. Ahora ella era una Venus Decúbito Prono. El supino, por supuesto, era yo, ignorante. Ignoramus que se cree Nostradamus sin mirar a las estrellas. Me basta con la luna y su cráter. Alfonso al fondo.

Yendo para el Trotcha, evitando las luces del Carmelo, por la acera del Auditórium, me encontré con un miembro de la sección de percusión de la orquesta filarmónica. Lo reconocí enseguida.

—¿Cómo va?

—¿Quién va?

—Un admirador. ¿Cómo le va con la orquesta?

—¿Cómo dice?

—Que cómo le va con la orquesta.

—Hable más alto, que no le oigo.

—CON LA ORQUESTA, ¿CÓMO LE VA?

—Ah, no muy bien. Poco repertorio. Los platillos son el instrumento menos apreciado. Pero ahí estamos. Lo que a veces me paso treinta y cuarenta compases para dar un solo golpe.

—Chaikovski usa mucho los platillos.

—Chaikovski sí, pero como el pobre era maricón lo tocan poco.

—¿Y Stravinsky?

—Algo al principio, pero poco después. Se nos ablandó el hombrín.

—¿Qué tal Wagner?

—No mucho, más bien poco. Este instrumento no es apreciado como se debe. Hasta hay gente que cree que yo no sé música. Dicen que no hay más que dar al platillo su cuerazo y ya está. Tampoco tienen en cuenta que casi todos los músicos de la orquesta están sentados, mientras que yo me paso la mayor parte del tiempo de pie, esperando la señal del director. Además, con las manos sosteniendo los platos.

—Eso se nota más en los ensayos.

—¿Usted frecuenta los ensayos entonces?

—Lo suficiente como para haber visto a Stravinsky bañado en sudor y quitarse toda la ropa después del ensayo. Se secó las partes con una toalla.

—Jejejé. El maestro es nudista.

—Pero no Weissman.

—No, Weissman no.

—Pero pude oír y ver un intercambio que tuvo con Xancó.

—Primer cello.

—El primer celista. Acabado el ensayo iba Weissman hacia los camerinos cuando Xancó, que salía de entre las cuerdas, casi tropezó con el Maestro. Xancó, políglota, quiso no sólo mostrarle el camino a Weissman sino exhibir su francés, dándole a elegir entre las violas y el camino de los chelos, sugiriéndole a Weissman: «*Par ci, par là, Maestro?*». Weissman, sonriendo, le dijo: «Por donde tú quieras, chico», en perfecto cubano.

—Jejejé.

—Le deseo muchas partituras.

—¿Cómo dice?

—Que le vengan muchas composiciones con platillos.

—No le oigo nada. Ésa es otra cosa. Los platillos me han dejado algo sordo.

—ADIÓS.

—Gracias por oírme.

Lo dejé todavía en la esquina, tal vez esperando que el Gran Director le hiciera señas desde el cielo para que terminara de sonar el estruendo musical de su instrumento.

Ella ya estaba en el lobby. Vestíbulo, vestíbulo. Ah, los hispanistas.

—¿Dónde te metiste?

—Recibiendo una lección de música.

—¡No me digas que estabas estudiando música a esta hora!

—Toda hora es buena para la música. Pero no estaba estudiando nada.

—¿No me dijiste que estabas estudiando música?

—No, dije que recibía una lección de música.

—¿Y cuál es la diferencia?

—Ah, mi amiga, la diferencia es la esencia. La diferencia se establece cuando dos clases de la misma clase de objetos nominados pueden o deben ser distinguidos.

—Te juro que no te entiendo.

—Eso me hace, a tus ojos, un incomprendido, cualidad que puedo compartir con uno o dos grandes artistas.

—¿Nos podemos ir?

—Podemos, si queremos.

—¿Por qué estás tan feliz esta noche?

—¿Por qué el ser y no más bien la nada?

—Vámonos.

—Como dijo el presidente Grau en una ocasión memorable, las mujeres mandan.

Al salir a Calzada, Bragado, muy como su nombre, avanzaba muy orondo por la acera, más acá de la tienda de antigüedades que frecuentaré en el futuro, caminando lento entre las sombras que proyectaban las luces del parque, mostrando su melena rufa al aire de la arboleda. Cuando me vio, comentó con sus adláteres, entre los que estaba, irónico, el arquitecto Virgilio, tal vez para darse aire de Dante. Se detuvieron todos al llegar a nosotros. Bragado, que no sé si era su nombre o un adjetivo, sonrió su media sonrisa torcida y dijo para mí pero para ella.

—Siempre escoltando la belleza, como la noche.

Citaba o recitaba a uno de sus poetas malditos. Esta vez Byron. Se lo presenté a Estela, sólo a él, que su comitiva salía sobrando.

—El poeta Bragado.

Aludido, Bragado sonrió aún más su sonrisa torcida. Pero Estela, sin tomar la mano que le ofrecían, sin apenas mirar a Bragado, se volvió hacia mí.

—¿Poeta? —falsete para lo falso—. A mí me parece más bien un cantante de punto guajiro.

La apreciación del arte sublime de Bragado, poeta surrealista, le clavó una saeta cantada con el falsete que Estelita sabía usar tan bien. No era tarde pero la noche comenzó mal para Bragado. Después me preguntó muy en serio:

—Dime, ¿alguno de tus amigos está vivo?

—¿Qué clase de pregunta es ésa?

—Es que todos los que conozco, incluyendo a Branly, parecen muertos vivos.

—Es que no conoces a mis enemigos todavía.

El Trotcha, con sus jardines que formaban un laberinto sinuoso en cuyo centro no estaba el Minotauro sino una versión de Ariadna, era un antiguo balneario de lujo que quedaba a fin de siglo en una remota hacienda de extramuros llamada desde entonces El Vedado, tierra prohibida, terreno baldío. Es hoy un pobre fantasma lívido convertido en hotel.

Pero no para mí. El edificio, todo blanco, todo de madera, pasó a formar parte de mi mitología. No era su esplendor (que ocurrió en el siglo pasado) sino su decadencia lo que me fascinaba. Era como una metáfora sin sentido literal pero literario gracias a mi habilidad de encontrar parecido entre cosas dispares. Llámenme Aristóteles. Ahora condenaba a Estelita a vivir en una metáfora. Cosa rara, ya que si todas las palabras son siempre metáforas de la realidad, un edificio no puede ser una metáfora. Eso se llama la consolación por la prosopopeya.

Una noche en los jardines del Trotcha consistía en oír, por encima del apagado tráfico que corría en Calzada en una sola dirección, el continuo murmurar de una manguera: sola, larga y verde, haciendo el trabajo de la lluvia, regando el agua entre los canteros que eran canales. Dicen que Egipto es un don del Nilo, y este jardín, un regalo de la regadera. Se lo dije a Estelita y todo lo que dijo fue:

—Tú y tus teorías.

Le temo, siempre he temido al encanto de los niños. Por eso me cautivó esta Estela. Ella era tan ajena a su encanto como a la moral. No podía ser descrita siguiendo la estética ni la ética y era capaz de decirme que el Encanto era una tienda de ropas a la moda.

—Atiéndeme, quiero decirte algo. —Su frase favorita sin saber que venía de un bolero: era la letra de «Nosotros» de Pedrito Junco al que siempre llamaban «el malogrado Pedrito Junco», como si no fuéramos malogrados todos, aun los noveles autores de novelas.

—Tengo que ir a la filosofía.

—¿Adónde?

—A La Filosofía.

—¡No me digas!

—¿Y por qué no te lo voy a decir?

La filosofía, desde Sócrates, sirve para cubrir la ignorancia con la pátina del pensamiento. Ha habido toda clase de filosofía: aristotélica, platónica, neoplatónica, escolástica, clásica. Pero en La Habana ha llegado al colmo: la filosofía es una tienda de ropa. Pero todavía hay más cosas entre la tierra y el cielo, querida, que las existencias de tu filosofía.

—¿En serio? —dijo ella.

—Esto es serio, pero es una broma. Por eso me gusta el chocolate.

—¿Y qué tiene que ver ahora el chocolate?

—Se llama científicamente Theobroma cacao, una broma de Dios. ¿Quieres una broma francesa que tiene que ver con tu patria y con tu matria y el chocolate?

—No entiendo de bromas.

—Yo sé, pero habiendo dos uno no es suficiente.

—Mira que hablas raro.

—Ya sé. Ahora una mención comercial. Dicen los franceses, *À Cuba il n'y a pas de cacao*? Buena nueva, ¿no veldá mi beldad?

No se sonrió, ni siquiera un rictus en la comisura. *Co-*

mic sure. Tenía menos sentido del humor que la Mona Lisa. Ah, las mujeres. *Cherchez la fun*.

—¿Qué carajo es eso?

Ella decía muchas malas palabras. Pero no me había dado cuenta antes. ¿Desde cuándo comenzó a decirlas? Tal vez las había dicho antes de conocerla y no lo había advertido. Pero el hábito de las malas palabras es como el vicio de fumar, a quienes no les viene bien fumar, a otros les da una gracia ambigua, como si fueran muchachos con el pelo largo, los labios pintados y las uñas esmaltadas. A Estelita le agraciaban las malas palabras, incluso los habanerismos se le daban bien: matraca, punto filipino y hasta malanga salían de entre sus labios perfectos como perlas imperfectas en una dicción barrueca.

La palabrota resonó en sus labios de niña.

—Un juego. Un juego de azar y poca ropa.

—Vete a la mierda. —Que era otra palabrota.

Ah, estas muchachas modernas, todas malas palabras y mal humor. Poco humor. Nada de humor. Recordé que la película con menos humor que había visto en mi vida se llamaba *Humoresque*. Una humorada porque trataba de amores imposibles y la música de Wagner, «Muerte de amor» de *Tristán e Isolda,* reducida a un solo de violín, que hacía como que tocaba John Garfield doblado por Isaac Stern.

—Ah, Estela, no: Estelita, una pequeña estrella, un asterisco del que hay que tomar nota.

—Deja de llamarme Estelita. Mi nombre es Estela.

—Como en la lápida.

—¿Cuál lápida?

—En la que apareces como tu propio monumento.

—Me aplastas con tu cultura. Te juro que me aplasta.

Mi amigo Antonio, que luego se llamaría Silvano, me describió como «ese escritor moreno que venía al jardín con una mujer de ojos verdes». La importancia de la frase no le impidió los errores. Primero, yo no era escritor sino periodista, segundo, yo no iba al jardín sino a El Jardín, un café con terraza. Tercero, ella no tenía los ojos verdes, sino color de cambiante uva, castaños a veces, otras amarillos como el sol: es por eso que los recuerdo la primera vez que la vi de día con ojos dorados, como los de Doc Savage, *the golden hero*.

Silvano, que había echado a un lado su enorme talento literario para escribir novelas para la radio, al ver mis líos económicos trató de que yo también escribiera para la radio, orquestando una entrevista con los hermanos Cubas, que era como decir con toda Cuba. Por ese tiempo me había cortado el pelo estilo cepillo y la conversación con uno de los Cubas o con los dos terminó en un previsible desastre porque yo no mendigaba y traté de exponer mi concepto de lo que era la radio y escribir para la radio. El veredicto de los dos Cubas lo expresó uno de los dos diciéndole a Antonio que yo era un cepillo neurótico. Lo que después de todo era la verdad. Pero como ellos eran los fabricantes

de Gravi, «la reina de las cremas dentales», me considera-
ron tener la pasta donde el cepillo no toca —que era por
cierto el lema de la crema dental Colgate, producto rival.
Así me salvaron de una suerte peor que la muerte.

No recuerdo si abrí la puerta o si ya estaba abierta. Las puertas resisten más a la memoria que los intrusos, pero yo era
un experto en vivir de puertas abiertas. En todo caso fue el
secreto (revelado) tras la puerta (velada) y si estaba cerrada
no debí haberla abierto. Al abrir, al entrar vi que Estela no
estaba sola. En el cuarto reducido había otra persona, un
hombre. Estela, Estelita, como era su costumbre, estaba sentada en la cama desvestida, vestida ella con muy poca ropa.
    —Ah —dijo sin exclamar—, eres tú.
    —Quién otro si no —le dije sin preguntar.
    La única pregunta era ¿quién carajo es este tipo? Pero
antes de preguntar ella me dijo:
    —¿Te acuerdas de mi tío?
    —No.
    —¿No te acuerdas que lo vimos en La Habana Vieja
una mañana?
    —No recuerdo. Pero ¿qué hace aquí?
    —Me vino a visitar, claro. Es mi tío.
    —¿Cómo supo dónde vivías?
    —Yo lo llamé. Por teléfono.
    —Tenías su número.
    —No, lo busqué en la guía. Él es electricista.
    Se calló. Obviamente, las interrupciones eran debidas a
las perforaciones de mi estilo. Fue entonces que el hombre
(el visitante, su tío, lo que fuera) se puso de pie. Se veía más
alto: obviamente, lo recordaba más bajito. Parecía un guajiro: un rústico.

—Si molesto, me voy.

Y rudo y, esperaba, raudo. Me encantan las aliteraciones significativas, pero más me gustaría que se fuera. Se fue. No sin antes despedirse de ella y no de mí. Rudo y raudo.

Hay en los celos un sexo, *sexto* sentido que nos hace penetrar la trama más espesa. La tiniebla de la noche se hacía claros como si mis sospechas fueran mi linterna trágica. No hay Yago traidor sin Otelo traicionado.

Ella era incapaz de decir una mentira pero era obvio que no me decía la verdad, que me estaba engañando, que era falsa y traicionera. ¿Cómo explicarlo?

¿Cómo describir la calidad de la piel de Estela que irradiaba luz más que la reflejaba y era a la vez esencial y material al cubrir un cuerpo que no era hosco sino simplemente, después de la primera noche, hostil? Su piel era su frontera. Detrás había un mundo oscuro, feral, una selva salvaje y misteriosa. Ella, como todo territorio inexplorado, atraía y daba miedo a la vez. Fui yo quien la descubrió, pero su exploración (nunca pude hablar de conquista) fue costosa. Sólo me salvó mi instinto de conservación, que ha sido desde niño una suerte de ángel de la guarda.

Siempre he admirado en Cary Grant no su estatura sino su habilidad para encontrar un taxi vacío y cogerlo. *North by Northwest* es más que nada un desfile de taxis: para cogerlos, a punto de cogerlos y cogiéndolos. La parataxis, como en *El difunto Matías Pascal*, era mi recurso retórico.

Decidí ver a Branly, que hacía días que no lo veía. Así que dejé *Carteles* y me fui en un taxi, ese mismo de la esquina con su chofer salaz pero veloz, a ver a Branly en su casa de la calle Línea, donde estaba la casa de huéspedes que casi convertí en una casa de citas, aunque era una cinta porque la calle Línea parecía haber sido diseñada con un cartabón.

A propósito de Línea, se llama Línea por la línea del tranvía. El nombre la hacía particularmente distinta, ya que las líneas del tranvía cruzaban La Habana de arriba abajo y ninguna otra calle se llamó Línea, excepto, claro, la calle Línea. Línea era un encanto cuando pasaban tranvías, que iban por el centro de la calle como entre jardines. Al terminar la calle Línea, el tranvía continuaba para dar vuelta al promontorio donde está el Hotel Nacional. Por allí rodaba incólume por esa escarpa Mutia y salía, indemne, a la calle Infanta, dejando ver el Malecón y el mar. En las noches de luna, el tranvía viajaba, breve, por entre un paisaje encantado. La calle Línea, ahora, debía llamarse Asfalto. O, ya americanizados, ¿por qué no llamarla Macadam?

No había nadie en su habitación, que estaba extrañamente cerrada. Al salir, me encontré con la encargada, que se llamaría *concierge* si esta casa de huéspedes se llamara pensión.

—¿No hay nadie en casa de Branly?

—No hay nadie. La señora está en el hospital.

—¿Está enferma?

—No, fue a cuidar al hijo.

—¿Branly? ¿Qué le pasó a Branly?

—Bueno, usted verá, voy a hacerle una confusión.

—¿Una confusión?

—Perdón, una confesión. Robertico —ella llamaba siempre así a Branly— tiene un defecto.

—¿Uno sólo? —le iba a preguntar, pero ella siguió:

—Lo descubrí yo, no su madre que con todo eso de su divorcio y su trabajo... Ella es farmacéutica.

—Lo sé.

—Pero ella no sabía el defecto que tenía Robertico. Lo descubrí yo, esta que está aquí, hace años cuando Robertico de niño se daba una ducha. ¿Cómo decirle?

Es la vieja la que era ducha.

—Diga, diga.

Ya comenzaba a interesarme. Se aprecian mejor los defectos de un amigo que sus virtudes.

—Él estaba duchándose y yo estaba mirando y vi que Robertico tenía la cosa más chiquita del mundo y esa cosita estaba pegada a sus partes.

¿En el arte?

—Se lo dije a su madre, que no lo quiso creer. «Mi hijo», dijo, «es intachable.» Eso fue lo que dijo: intachable.

—¿No diría intocable?

—No, dijo clarito intachable.

Roberto el Intachable, caballero cubierto.

—Le dije que lo llevara a un médico pero ella no hizo caso. Claro, yo no se lo dije a Robertico, solamente se lo estoy diciendo a usté ahora. Eso pasó hace años pero ahora tuvo que internarlo con dolores.

—Parafimosis.

—¿Cómo dice?

—Fimosis. Adherencia del pene.

—¿Es eso?

—Debe ser.

Quise estudiar medicina pero siempre se me interpuso la felicidad.

—Pues Robertico está en el Calixto García.

—Lo iré a ver.

—No vaya, no, que él está muy bochornado.

Abochornado, avergonzado, ¿qué más da?

—Pero no diga que yo se lo dije. Nadie debe enterarse. Sólo yo lo sé. Confío en usté.

—No se lo diré a nadie.

—Confío en usté.

—Gracias, señora, que pase un buen día.

—Y usté.

A partir de entonces la medida de los penes se conoció entre nosotros por branlys de longitud. Seis branlys, por ejemplo, era el largo de un pene normal. Diez branlys era un pene anormal. El facsímil de un branly se conserva en el museo de pesas y medidas de Sèvres, esculpido en iridio. Los rumores de que un branly de cera fue exhibido en la visita a La Habana del Musée Dupuytron son totalmente falsos.

Por raro que parezca (y aún hoy me parece extraño), esa noche en la posada fue la única vez que hicimos el amor. (De hecho nunca singamos. Singar esa perfecta palabra habanera: la carne hecha verbo.) Toda nuestra relación fue un largo *coitus interruptus* que nunca completamos. Hacer el amor, esa otra clase de amor, fue un intento abortado varias veces. Siempre intenté la felicidad con ella, pero ella a veces se interpuso. Si todos nacimos para ser felices (como proclaman los filósofos optimistas), ella nació para ser infeliz —y lo logró plenamente. Aun entonces, y en medio de nuestra escapada (lo que fue para mí una gran aventura al inicio), le tenía pena a Estela. Ella, por su parte, repudió mi sentimiento: nunca conocí a nadie que se tuviera menos lástima. Para ella su vida no era mala ni buena, solamente era la vida. Esto la hizo, entonces, una nueva heroína para quien la vida no era una intoxicación sino un veneno lento que había que apurar. No creía tener vicios ni virtudes. (Tal vez su solo vicio fue fumar un cigarrillo tras otro.) Su única virtud era ser una mujer. No una niña ni una adulta sino un estadio intermedio en que era toda una mujer. Por supuesto, no era una hembra. Era muy atractiva pero había muy poco sexo en su composición.

No vine a ver *Y Dios creó a la mujer* sino meses más tarde después de haber dejado a Estela, pero el personaje de Julieta se le parecía tanto que al ver la película al final de ese año pude comprender un poco a Estela. Allí estaba su hastío, que era una forma de indiferencia, su cuerpo propicio al sexo, que no le interesaba para nada, su búsqueda inútil, que era en realidad un único destino. Era una mujer moderna, pero tal vez no lo fuera del todo. Era del momento porque un año o dos antes no habría existido, pero daba la impresión de no tener futuro. ¿Era una existencialista, calificación que le hubiera hecho reír, si es que reía? ¿O era, lo que es más probable, una amoral absoluta? Era, creo, de su época, pero no era nada de su país. De ahí su fascinación: era una visitante o una turista perdida —y el énfasis hay que ponerlo más en perdida que en turista.

Saliendo del Trotcha, todavía en su lobby (o como se llamara ese recinto del viento fenomenal, cálido, caliente, que venía de la calle y no del mar), sin siquiera llegar a la acera, vino hacia nosotros una mujer que había sido una muchacha y que yo había conocido cuando éramos estudiantes, ella de medicina, prieta, de pelo muy negro, achinada que me pareció tibetana sin haber conocido nunca a nadie del Tíbet ni estado en Lhasa, ni visitado el palacio de Potala. De ella yo había estado aparentemente enamorado pero nunca me hizo caso porque creía yo que era un sí es no es lesbiana. Ahora, todavía yendo no viniendo hacia nosotros, saludó a Estela. Pero no a mí. Saludó efusivamente a Estelita, que dijo:

—La doctora —como si fuera la única en el mundo y es que era la única en el hotel. Residente ella, no interna.

—Doctora —le dije yo para aceptar el título como si fuera nobiliario.

—Mucho gusto —dijo ella—. Un amigo de Estela es mi amigo.

Me dieron ganas de imitar a Grau: «Amigos, amigos todos, la Cubanidad es amor».

—Te veo —dijo la doctora— luego.

¿Era una cita?

Qué lejos ha quedado aquella cita
que nos juntara por primera vez.
Parece una violeta ya marchita
en el libro del recuerdo del ayer.

Muy agradecido, muy agradecido, muy agradecido. Era Pedro Vargas oído por radio. Gordo, feo, con cara de indio mexicano que yo imitaba en cada fin de curso del bachillerato, entonando, mal cantando ese bolero intelectual que hablaba de lirios y de libros y deliquios. Sólo la parodia me ponía la toya viril. Lo hacía, claro, porque les encantaba a las muchachas. No yo, sino Pedro. Valga Vargas.

En ese entonces yo firmaba mis crónicas como el cronista usando un subterfugio como refugio en la tercera persona. Lo había adoptado (y adaptado) de la vacía impersonalidad de los cronistas sociales, pero venía como anillo al dedo irreverente. Fue como el cronista que fui a ver el estreno de *Gli sbandati* y la crónica se titulaba «Una oscura desbandada» y, más que hablar de la película, hablaba de mí mismo, de mi nada lúcida, alucinada, fuga del orden familiar.

La cinta, que se iba a llamar primero *El fin del verano* y que ha sido filmada casi enteramente en la bella villa de Toscanini en Cremona, no es más que una solución negativa —esto es, negativa para el personaje principal— del problema de Edipo. Cuando Andrés se marcha con su madre hacia la seguridad y la riqueza y deja detrás a Lucía y todo lo que ella significa de riesgo y de ventura, deja en realidad abandonados al amor y a su condición humana.

Hay un breve cuento de Q. Patrick en que un hijo, para librarse de su madre-hiedra, decide matarla, aconsejado por su amante-enredadera. El asesinato se consumará en la montaña. Madre, hijo y amante —las tres personas del verbo amar— suben la empinada cuesta. Junto al precipicio hay un leve momento de confusión. Un cuerpo cae al vacío y la luna ilumina a los sobrevivientes. Todo el horror de la historia está en ese momento: el hijo ha asesinado a la amante. La madre-hiedra ha ganado.

El cronista había triunfado sobre su amante esa noche lluviosa de mediados de agosto.

Podría hablar de sexo. O mejor, no podría. El sexo nunca fue principal en nuestra relación. Tampoco podría hablar de amor porque nunca de veras hubo alguno. Pero podría, *puedo*, hablar de obsesión: ésa fue la pasión dominante en nuestra breve vida juntos. Hablé de relación más arriba pero apenas puedo usar esta palabra en el sentido que tiene en el diccionario. Cualquier diccionario.

Llegué a la conclusión de que no le interesaba el sexo, ningún sexo, a través precisamente del sexo. Tampoco le interesaba el mero amor. La frase viene dictada por la experiencia: la mía y la de ella. Era, lo creo ahora, patológicamente incapaz de ningún afecto. Era una versión femenina de Meursault. Tal vez fuera el demasiado sol que crea cortinas en la moral. Pero yo también padecía el sol entero y sufría de unas culpas que más que un complejo eran un reflejo. Pero ella era valiente, generosa y leal a lo que creía —si es que creía en algo. Antes escribí: «y leal a su persona». Pero creo ahora que ella no creía ni en ella. Su cuerpo, ese cuerpo humano, demasiado humano, se ha convertido en divino. No por adoración sino porque es ahora lo opuesto a lo que fue: intocable.

Durante el tiempo que duró su aventura y mi ventura,

ella estuvo virtualmente secuestrada por mí. Pero yo no era su secuestrador sino toda la compañía que pude tener.

Ella rechazaba no tácitamente, que implica consentir, sino de pleno ser un personaje, tanto como yo me empeño ahora en hacer su personaje. Era la mujer (y yo no hablo de una mujer en tres dimensiones si no he tenido antes una suerte de intimidad con ella) más intrigante y menos dada a la intriga. Pero su franqueza la perdió para mí. Como soy yo el que escribe estas páginas (y obviamente no ella) es que trato de recobrarla. No sólo en la memoria (no he dejado de recordarla nunca) sino en mis memorias. Ella es un cuerpo divino pero también un fantasma que ronda mis recuerdos.

Por las noches caminábamos. Yendo a veces por Calzada arriba, otras veces por Línea hasta el Malecón. Era verano y la noche era cálida, pero soplaba la brisa que venía del mar. Al comienzo de la calle Línea cruzamos la acera y ella señaló a una señal en el camino.

—¿Qué es eso?

—Un cenotafio.

—¿Qué cenotafio?

—Un monumento funerario donde no hay nadie enterrado.

Ella se acercó curiosa.

—Dice algo pero está en chino.

—Es una esquela a los chinos que pelearon en la guerra de la independencia.

—Eso es lo que es, pero ¿qué dice?

—Dice: «Nunca hubo un chino traidor ni un chino desertor».

—¿Tú sabes chino?

—La traducción en español está del otro lado.

—Por un momento me asustaste.

—¿Asustarte tú?

—Te lo juro. Tuve la idea de que eras chino.

—¿Y si lo fuera?

—Yo nunca saldría por nada del mundo con un chino. Pensándolo bien soy arriesgada, porque tú te ves bastante chino.

—Yo no me veo.

—Luces. Luces chino.

—Eso dicen.

—¿Tú tienes de chino, tú?

—En la vida.

—Pero tienes un pronto chino. ¿Tú estás seguro que no tienes de chino?

—Seguro.

—No, creo que no. Estoy segura que no. Detesto a los chinos. Creo que si estuviera muy enferma de veras no me salvaría el médico chino.

¿Será cierto, como dijo un sabio, que sólo encontraremos las palabras cuando ya ha muerto el amor?

Virgilio se equivocó. El amor no lo conquista todo. El amor no conquista nada. Aun más, la nada lo conquista todo. La nada es omnipotente.

Acababa de hacer un descubrimiento que debí hacer la primera noche. Todo me pasa de noche. Ahora, en lo oscuro, en la noche, en la tiniebla se hizo día. Ella acababa de descubrirlo, no era ya irresistible. Tal vez nunca lo fue. Estaba tan desnuda como un cuchillo sin vaina. Pero parecía una muñeca de cupido, una *Kewpie doll*. Era una *poupée* y había dejado de interesarme: una muñeca de trapo abandonada en el basurero a la que sólo la cabeza prestaba algún interés. La operación se hizo, sin duda, bajo anestesia. Decidí olvidar a Estela, aun cuando fuera Estelita.

No había luna esa noche. No había más luz que la de las castas estrellas y por supuesto la del inmarcesible alumbrado público. Pero yo hablaba del alumbrado privado de la noche. Esa luna caribe, luna caníbal, devoraba a sus ado-radores. A ella no le importaban la luna ni las estrellas pero perecía en el fulgor del estío. Ella no bailó más que un verano.

No habían pasado seis meses del asalto al Palacio Presidencial, que terminó entre sangre y el fracaso. Dos de los actores de una operación paralela —el asalto a la CMQ para radiar una arenga revolucionaria— habían venido a refugiarse en mi casa. Eran Joe Westbrook y su primo el Chino Figueredo. Ahora Joe estaba muerto, asesinado por la policía (en su último refugio de la calle Humboldt), y el Chino estaba fugitivo sabe Dios dónde. Había pasado tan poco tiempo y todo parecía haber pasado el siglo pasado. Ni siquiera podía recordar la cara de Joe con quien compartí semanas conversando en un cuarto en casa de mi cuñada Sara en el mismo edificio, hablando bajo, conspirando como siempre desde que lo conocí en una reunión clandestina en una oficina de la Manzana de Gómez. Ahora Olga Andreu quiso saber mi opinión política. Nos invitó a su casa, a su apartamento, a Branly y a mí.

Olga Andreu ya apareció en otro libro mío como una especie de quinceañera con pretensiones culturales que le servían a Branly de cebo y sebo para los peces de colores que ella guardaba en su líquido estuche. Entonces tenía dieciséis años. Ahora era una suerte de Apasionada. Hablaba por encima del disco del Concierto de Bartok al que yo no le aguantaba Vela (o Bela) porque no era más que una rapsodia húngara para orquesta. Olga conocía mis opiniones musicales pero ahora quería hablar de política. Estaba sentada descalza en una africana, por lo que sus rodillas quedaban más cerca de su cara que del suelo, y comenzó a hurgar con una mano uno de sus pies. Sabía lo que seguiría: en un momento en que la labor se hizo difícil subió la pierna y el pie le quedó junto a la cara —y tranquilamente comenzó a comerse una de las uñas. Lo extraordinario es que la uña que se comía era la del dedo gordo del pie. Hay que decir que Olga era muy limpia pero lo de comerse las uñas de los pies era, ¿cómo diría?, un gesto *in extremis*. Cosa curiosa, Olga no daba asco: al contrario, era muy sexy, aunque esa palabra fuera nueva en mi vocabulario. Era atractiva considerándola de un modo sexual. Era también una especie de musa paradisíaca. Pero no para mí, no para mí. Ahora, entre uñas que quedaron en su boca, me habló persuasiva.

—¿Qué crees que va a pasar?

—No tengo la menor idea.

—¿Qué se dice en *Carteles*?

—No se dice nada. Nadie habla nada. La censura es benévola pero firme. También es, como toda censura, amenazante.

—Pero estamos en estado de guerra —dijo Olga, vehemente—. Es una guerra en todo el país.

—No en el mío.

—¿Qué quieres decir?

—Estoy hablando de una guerra privada.

—Más bien una guerrilla sentimental —interpeló Branly, que hasta entonces no había dicho palabra.

—¿Es verdad? —me preguntó Olga con su acostumbrada sinceridad visible en sus ojos, reflejada en los míos.

—Es lástima que es verdad que es lástima.

—¡Ah, Hamlet! —dijo Branly—, donde la venganza hace su obra maestra.

—Sin citas —me volvió a preguntar Olga—. ¿Es verdad?

—El problema es que no sé si es verdad o es ficción. Pero sí, es una guerra.

—Sorda —dijo Branly—. Pero no muenga. No es Van Gogh, es Beethoven. Bebe tragos y antitragos en el vestíbulo, pero para curarse de su sublime obsesión tendrá que hacer cocimientos de oreja de monje, curiosamente llamado ombligo de Venus.

—Estoy metido en una guerra civil de uno solo.

—Entonces son dos: tú y Titón.

Pensé que se refería a algún amante.

—Tú y éste (Titón) entonces. Éste no hace más que hacer esos dibujitos dementes. Dibujitos, dibujitos —dijo en voz cada vez más alta.

Pero Titón no se movió de su mesa. Ni siquiera levantó la cara para salvarla. No hacía más que meterse dentro de la hoja casi, dibujando. De vez en cuando levantaba la cabeza para llevarse a los labios el cigarrito que era perfecto cilindro. ¿Cómo lo hacía? Titón siempre fue muy hábil con sus manos: el piano primero, los dibujos ahora y entre tanta habilidad manual escribió un libro de poemas exquisitos que imprimió él mismo con éxtasis entonces. No hace mucho había recogido todos los ejemplares uno a uno.

—Y a mí —dijo Branly—, ¿no me consideras? Tengo muy buena puntería con mi tiraflechas. Tú apunta que yo disparo.

Branly y yo nos fuimos al balcón, a mirar la avenida y los carros que iban y venían calle abajo. De pronto, Branly me agarró por el cuello. Resistí pero no era posible resistir a seis pisos sobre el suelo. Tan súbitamente como me agarró, me soltó diciendo:

—Te estrangularía.

—¿Qué te pasa?

Branly tenía un costado irracional que se había hecho visible en el balcón.

—¿Por qué andas diciendo esas cosas de mí?

—¿Qué cosas?

—Todo eso de mi carencia. Lo que te contó la vieja esa de mierda.

Ah, era eso.

—No le he dicho nada a nadie. Créeme.

—¿Y cómo llegó hasta mí?

—No tengo la menor idea.

—¿Y sabes lo que quiero decir? Te quedarás sin mi amistad.

—Siempre seremos amigos. Siempre.

—Siempre también quiere decir nunca.

—Tan siempre que me voy a olvidar que trataste de matarme.

—Estrangularte.

—Es lo mismo.

Es una pena que Branly esté muerto porque era de las personas más ingeniosas que he conocido. Además era generoso. No lamento algunas cosas que le dije en vida y otras cosas que dije de él. Chistes, chascarrillos, pero de haberlos oído le habrían dolido.

No debiera estar escribiendo (diciendo, contando) estas cosas, repitiendo lo que la encargada dijo, porque Roberto era mi amigo. En otra ocasión podría hacerle daño, pero nada puede hacerle daño ya a Branly porque está ahora muerto y cualquier cosa que yo diga o repita no le hará la más mínima mella.

Cogí un catarro malo que vino a salvarme. Aunque no soy clarividente pude adivinar el futuro, mediato, inmediato: volvería a ser libre aunque, pura paradoja, regresara a mi estado de hombre casado, padre de familia, hijo de mi madre, amigo de mis amigos, ciudadano ejemplar. Ah, la gripe. Que te coge, no la coges.

—Es un catarro que pasa.

—¿De veras?

—Es un catarro de verano que pasa con el verano.

—¿Quién dijo?

—Mi madre.

—Ah, vaya.

—No creas. Ella es enfermera y sabe mucho de medicina.

—No de medicina casera.

—¿Qué quieres decir?

—Que si supiera de medicina casera la habría aplicado para que no te fueras.

—De manera que es eso.

—Eso es. Si tu madre te hubiera prestado más atención no andaríamos como andamos ahora de casa de huéspedes en casa de huéspedes, de hotel en hotel y en un final que es un principio, en un último refugio que fue el primero.

—Y tú por supuesto estarías libre de la carga que soy.

—No he dicho eso.

—Pero lo implicas.

—Lo implico. Además, ¿desde cuándo tú usas palabras como implicar? Es un verbo muy culto para una muchacha como tú.

—Me contagias con tu gramática.

—No es gramática, es vocabulario.

Era la rebelión de las musas: Clío, Terpsícore y sus alias interpares.

Una muela cariada soltó un pedazo y dejó otro mal colocado en su sitio. Grave cosa. Ahora mi lengua, perversa, buscaría cada segundo en el lugar de la caries, preguntándose ella a mí, Noemí, dónde está la parte de la muela que falta. Entretenimiento nocturno.

En fin, mi dea ex machina.

Soy un enfermo que camina por un sueño. Luego escalo. Monte adentro. Pero ¿por qué lo haces? Porque ella está ahí. Ella es mi Everest y a la vez mi Neverest.

—Tenemos la vida por delante —dije yo.

—Lo que tenemos es la muerte por delante —dijo ella, siempre sombría.

No lo sufrí, como se dice, en carne propia sino en carne ajena.

¿Cómo llamar a un momento que dura menos de un momento pero va a cambiar una vida? *Fatum* es fatuo. Destino es cuando una fuerza irresistible tropieza con el objeto inmóvil que tú eres. Destino es también desatino.

Ahora sé que el momento en que la vi por primera vez fue un momento equivocado.

Estela era entonces (la aliteración no es una alteración) un personaje de la novela de ella misma. Era su propio personaje, su protagonista y al mismo tiempo su antagonista sin angustia existencial. Ella sí podía decir «Mamá murió ayer. ¿O fue antier?»: habanerismo por anteayer.

—¿Vas a seguir ahí todo el día y toda la noche?

—Cuando estás aburrida de la vida, la cama es el mejor lugar para pasar el tiempo.

—¿Tú estás aburrida de la vida?

—No tienes ni idea de lo vieja que estoy, que soy.

—Las muchachas como tú se autodestruyen en poco tiempo.

—No sé lo que es autodestruirse.

—Debieras saberlo. Es lo que haces mejor. Tu lema debía

ser vive a la carrera, muere joven y es un cadáver exquisito.

—Nunca he tenido lema, pero sí me gustaría ser un cadáver no exquisito, sino descansado.

—Descansa en paz.

—Quiero decirte que me voy a vengar aunque tenga que salir de la tumba.

—¿Vengarte? ¿De mí?

—De todos y de todo.

—Te veo tan remota...

—Estoy remota.

—No vayas a ir demasiado lejos.

—Descuida.

—Que no puedas regresar. Dicen que la distancia es el olvido.

—¿Qué quieres decir?

—Nada. Es la letra de un bolero.

—Tú y tus boleros.

—Apuesto a que nunca pensaste en mí como un hombre enamorado.

—Francamente, querido, nunca he pensado mucho en ti.

—Eso no puede ser verdad.

—¿Qué sabes tú de la verdad, de mi verdad en todo caso?

—Lo que hice lo hice por ti.

—¡Qué galante!

—¿Tú crees que yo me habría escapado con otra mujer?

—Te casaste, ¿no?

—No tiene remedio.

—Sí tengo remedio. La muerte.

Estaba enfermo. Ella era mi enfermedad. Estela era. Pero ¿cómo curarme? Fue entonces cuando pensé en matarla. Sin embargo, el crimen es una transgresión seria.

«Moriremos juntos», debí decirle. Pero yo no quería morir junto a ella ni a nadie. Yo no quería morir, yo quería vivir. «A mí no, a ella», dijo Winston Smith cuando vino la muerte totalitaria. Era ella la que quería morir. La que murió. La muerte, como todas las cosas, si se desea demasiado que venga, acaba por venir.

Estelita, como un bolero de moda, siempre había sido llevada por la mala. El bolero continúa: «Es por eso que te quiero tanto». Pero yo no la quiero: la quise y no creo que fuera siquiera eso. Fue más bien un capricho, pero ya Óscar Wilde dijo que la diferencia entre una gran pasión y un capricho es que el capricho dura más. Estela ha durado más, dura todavía. Pero nunca fue una gran pasión. Fue, sí, un momento de amor que dura un momento. La anfibología me permite decir un momento de amor, pero no obliga a decir que duró más de un momento. Ah, amor.

Nunca tuvo ella un estallido emocional. Nunca la vi fingir la menor emoción. Es más, la vi emocionarse muy pocas veces. Una de esas veces ocurrió al final, antes del final. Al final final fue tan ajena como siempre. Nunca la vi reír, ni siquiera sonreír. Una seriedad tan profunda sólo la he visto en los niños cuando van a llorar. Después de las lágrimas y las muecas del llanto, los niños vuelven a estar serios. Siempre me sorprendió un aviso en la Fotografía Núñez, de Galiano esquina a Neptuno, que decía: «Si su niño llora, Núñez lo retratará riendo». A veces con Estela me sentía un Núñez sin éxito.

En junio pensé que nunca llegaría septiembre. Pero ahora ya es septiembre. Lo supe porque comenzó a llover y los días se hicieron grises.

—Dicen que va a llover.

Sonreí.

—Dicen que yo voy a ver.

Me acerqué a las persianas.

—*Persicum malum* o tal vez *bonum*. Todo depende del que mira.

—¿Y eso qué tiene que ver?

—Nada, por supuesto.

—Tú sabes, a veces pienso que no estás muy bien de la cabeza.

—Como tu difunta verdadera madre.

—¿Quieres dejar en paz a mi madre?

—En paz está pero yo ni en la paz de los sepulcros creo. *De mortius nihil nisi bonum* o mejor dicho *malum*.

—Ya ni se te entiende lo que dices.

Estaba de visita, ¿qué otra cosa?, en su cuarto cuando oí un ruido que era un estruendo de aplausos.

—¿Qué es eso?

—Llueve.

En La Habana cuando llueve, llueve de veras y se podía creer que acababa de comenzar el diluvio universal.

—Odio llover.

—Llover es un verbo impersonal.

—¿Qué cosa?

—Se dice llueve, aunque en tu caso se puede decir ver llover. O mejor, oír.

—Odio la lluvia.

—Pero ¿no piensas que es muy lindo ver llover cuando estás a resguardo en un arca para dos?

—¿Puedes creer una cosa?

—¿Qué?

—La mitad del tiempo no entiendo lo que dices.

—Y la otra mitad estoy callado. ¿No es eso?

—Créeme que desde que te conozco nunca te he oído callado.

—Eso hace de mí, supongo, un gárrulo. Gárrulo, antes de que me preguntes, es alguien que habla demasiado.

—Creía que se llamaba un hablador.

—También. Si quieres que sea parco.

—¿Así que eres un gárrulo?

—¿No echas de menos tu casa?

—Para nada.

—Pero es tu pasado.

—El pasado es un lastre fulastre.

—Pero será siempre tu pasado. Aun nuestro presente será un día el pasado.

—¿Qué te quieres apostar?

—Nunca juego. De manera que, aun perdiendo, gano.

—Tampoco juego yo pero estoy acostumbrada a que en la vida siempre pierdo.

Ella no negaba la vida pero tampoco la afirmaba. Para mí, la literatura era más importante que la vida. O era, en todo caso, la forma de la vida. Para ella no había más que indiferencia y aburrimiento. Es decir, vacío, el vacío. Pero ella vivía y yo sólo miraba verla vivir y sufría, al principio. Después, como ahora, sólo sonreía —o me reía dentro de mí.

—Tú eres torcida —le dije y me dijo:

—Y tú retorcido.

—*Touché*.

—¿Qué cosa? —preguntó como siempre.

—Quiere decir tocado en francés.

—La tocada soy yo.

—Todos mis amigos hablan.

—¿De quién?

—De ti y de mí. De nosotros.

—No me hagas reír.

—Que tienes los grandes labios partidos.

¿Qué cosa?

—Olvida el tango y canta un bolero. ¿No es así?

—Elige tú que canto yo.

Ella me miró con sus ojos de caramelo vital.

—¿Por qué no me matas?

—¿Qué cosa?

—Lo que oíste. Mátame.

—No creas. Lo estaba considerando.

—Así se resuelven todos los problemas.

—El asesinato es un asunto serio.

—¿Por qué no me suicido? Podría ir a la botica y comprar arsénico.

—No venden arsénico en la botica.

—Puedo tirarme debajo de un camión.

—No pasan camiones por Calzada.

—Puedo tirarme al mar desde el Malecón.

—No hay mar en esta parte del Malecón. Sólo rocalla y rocas.

—¿Qué tal un tiro en la cien?

—Se dice sien con ese.

—Ah, no puedo siquiera matarme sin que me mates antes con tu gramática.

—Creo que mejor no te suicidas hoy.

—No es un juego. Hablo en serio.

—Tú nunca has hablado en broma. Ése es tu mal. Tu pecado original, América.

¿Le tuve lástima alguna vez? No tuve tiempo entonces, con mi vida convertida en un vértigo. Ahora es demasiado tarde para todos y ni siquiera sé si la quise o todo fue un espejismo de juventud que comenzaba a irse en una fuga de ocurrencias.

Pero esta historia, lectores, quiero que sea de literatura dura, esa que empezó con Caín y terminó en James M. Cain. El que llamó dos veces. Esa que está manejada por los dioses menores. Esa que se deleita en atrapar moscas con una mano por el puro placer de arrancarles las alas. Moscas propicias que después de donar las alas dan vueltas y revueltas alrededor de ellas mismas.

Hay, siempre, un conflicto entre el amor y la vida. Eso se llama romanticismo que es, después de todo, más una posición ante la vida que frente al arte. Si se dice y se repite: «Soy un romántico incurable», se está admitiendo que se padece una enfermedad. Es decir, un estado crónico, una suerte de catarro del espíritu y lo único que puede curarlo es otra enfermedad incurable. El miedo, por ejemplo.

Llegué a cogerle miedo a Estelita y sabía que, si no la destruía, ella me destruiría a mí. Fue entonces que pensé matarla. Poco después decidí matarla. No me quedaba más que llevar a cabo el crimen. Como el asesino perfecto, el Dr. Bickleigh, dejé pasar unos días antes de tomar medidas para asesinar a Estela. Según el buen doctor, el asesinato es una cosa seria. Y una vez la matara, ¿qué hacer? Tendría que deshacerme de su cadáver, ahora convertido en cuerpo del delito.

Podía quemarla. Pero significaba pegarle fuego al Trotcha y la inmolación de Estela se convertiría en un holocausto epónimo. Podía llevarla, ya muerta, al Malecón y echarla al mar de donde un día pareció venir. Pero ¿cómo transportarla? Podía descuartizarla y repartir sus partes privadas hasta hacerlas públicas por todo El Vedado. Pero el descuartizador es un fetichista violento. Ama los pies, ama los tobillos, ama las piernas y las partes más que el arte que es un cuerpo. Se podrá decir que Estela vendría hacia mí en secciones. Toda esta división de las carnes me hacía considerar el asesinato no como un arte sino como una artesanía, un oficio: pescadero, albañil que despega los ladrillos. Bien lejos, como se ve, del Quince: así pronunciaba Bragado el nombre De Quincey. Dijo el forense que el menor desliz sería desastroso. Como llamar al autor de *Del asesinato considerado como una de las bellas artes* con un número.

Todos los crímenes con éxito son iguales. Sólo los crímenes que fallan se diferencian entre sí. Pero los crímenes que nunca se cometen son los más exitosos: todo su arte reside en su plan o en su concepción. No fue sino días después de decidir matarla que di un gran paso escribiendo este lema: «El asesinato es un asunto serio». Ocurrió un sábado cálido a principio de septiembre. *Summery execution*.

Llamé a la puerta sin darme cuenta de que tocaba madera. Lo único que me faltaba era ir al café y echarme por encima la sal derramada o encender tres cigarrillos con un solo fósforo. Supersticiones. O estaciones para evitar llegar al infierno. Perdone usted, ¿es éste el tren que va directo al Averno? Última parada: la estación Erótica. El infierno está amueblado sólo con camas sin almohadas. Hay una luz roja arriba pero la habitación —ninguna con días gratis— está oscura. Una música de moda es un bolero triste. Dije abajo que subieran tragos, preparado yo para el estrago. Un trago es un chivo expiatorio de la tragedia que viene.

Cuando entré, recibí dos golpes. Uno a la vista, el otro al olfato. Ella estaba acostada en la cama, desnuda, fumando. No desnuda del todo. Llevaba pantaloncitos blancos y la piel de su cuerpo no se veía ya dorada: el verano terminó. El olor era de papel de cigarrillo barato que arde. Estaba fumando uno de esos Royales que eran tan baratos como su nombre: el hijo de la reina que no es el hijo del rey. Ella también era bastarda. La miré, la miré bien: era la misma pero había cambiado. Se había hecho una mujer: la niña prodigio se había vuelto una mujer.

Ella estaba boca arriba en la cama, la cabeza apoyada en la almohada como si se dispusiera a leer «El libro de su vida», pensé citando. «Un libro pequeño o mejor corto.» Estaba ahí y era como si fuera una estatua, no de perfección sino de inmovilidad. Si muchas películas y algunas fotos han tenido, tienen, para mí un efecto sexual, las estatuas siempre me han cogido impávido, son ruinas que no me conmueven. Ella era una estatua lívida ahora ido su color dorado que vi el primer día. Era una perfecta estatua —que fumaba. No eleemes sino un cigarrillo —menos que eso, un pitillo barato que olía en todo el cuarto.

Me miró con desdén y el desdén con el desdén se pega. No me gustó nada su mirada. ¿Cómo me vería ella realmente? Si pudiéramos vernos como nos ven los otros, la imagen no sería virtual, sería infernal. No me refiero por supuesto a la imagen del espejo. Ni mucho menos a la fotografía, detenida o en movimiento. Me refiero a la imagen en tercera dimensión, viva y exacta. En ese momento me di cuenta de que acababa de inventar el holograma —o yo mismo era un ente creado por la esquizofrenia.

Sus ojos, pálido ópalo, eran de un claro atardecer en el trópico y pronto se sumirían en una noche oscura con fosforescencias peligrosas. Los ojos del tigre y del diablo son también amarillos. Solamente el anillo de oro de su esclerótica era una membrana diferente. Su iris era un arco iris de un solo esplendor dorado. Pero al fondo tenía un punto ciego. Aprendí todo esto con Vesalio hace unos años. En su fábrica. (Después de la crisis, viene la lisis, que es una disminución gradual de la fiebre. La crisis es siempre un cambio para mejor.) ¿No les he dicho todavía que estudié medicina por un tiempo? Pero, como Vesalio, abandoné la teoría médica por la disección. Pura práctica, Estelita era mi objeto de experiencias.

—¿Te vas?

—Tengo que irme ahora. Tengo que ver una película. Tengo que escribir la crítica luego.

—¡Al carajo con tus tengos! Acábate de ir de una vez.

—Me voy.

Ése fue nuestro adiós. Pero momentos después sentí un olor extraño y familiar, un hedor. Olía a carne quemada. La punta ardiendo del pitillo se había desprendido y había caído sobre su pecho, entre sus dos teticas. Ella debió ver en mi cara el horror en mis ojos que se dirigía a su piel ardiendo. Luego miró en la dirección de mi mirada y fue entonces que se dio cuenta de que se estaba quemando. No se movió, ni siquiera levantó la cabeza. Solamente barrió con su mano izquierda el carbón que iluminaba su pecho —y siguió fumando, chupando, alumbrando el cigarrillo casi apagado. No se quejó, no dijo nada y volvió a mirarme. Abrí la puerta y salí sin mirar atrás: la Gorgona se había vuelto un ave fénix. Luego leí que los psicópatas tienen un umbral del dolor muy bajo. ¿Era ella una enferma? No lo supe en esa ocasión. Ni siquiera lo sé ahora.

En un final. Ah, «en un final». Cómo me gusta esa frase popular sin autor que significa una suerte de ultimátum espiritual. En un final, como canta el bolero, la barca tiene que partir.

Voy a navegar por otros mares
de locura.

No navegó, la nave que no se podía hundir, *Titanic* sentimental, estaba, precisamente, destinada a hundirse. Por los altoparlantes venía una orden perentoria: «*Abandon ship! Abandon ship!*». Ya escoramos a babor, a popa sólo quedaba el recuerdo. *Abandon her.* (Todo barco, buque o bote es en inglés femenino.) Abandonarla. Sálvese el que pueda. *Abandon her now!* Ella se veía abandonada en la cama entre almohadones baratos. Abandonada, con abandono. Abandono de destino, que quiere decir un significado claro. La abandoné a su suerte que en otro tiempo hubiera sido peor que la muerte. Abandoné mi decisión al azar. Todo está escrito por el azar, no por mí. Los dados y los hados. Allí abandoné mi vida y seguí mi carrera.

Cuando me iba, antes de cerrar la puerta, vi sobre la mesita de noche, brillando a la luz de la lámpara, la navaja. Era una navajita pero hace rato que aprendí que los diminutivos son peligrosos.

Ella había matado a su madre, si bien simbólicamente (el símbolo es un émbolo) y ahora yo estaba tratando de matarla a ella sin símbolo y su suicidio sería el mejor crimen. Lo último que vi fue la navaja en su mesa, la navajita en su mesa.

Mis pasos, mientras caminaba por última vez por este pasillo abierto, crujían, mis zapatos crujían como si el piso fuera de grava o de arena, como si estuviera en una playa y el mar fuera la ciudad y la luna, y la luna comenzara a surgir redonda por sobre el horizonte urbano.

Al salir de la galería me asaltó el alto espejo del vestíbulo: grande, con un marco oscuro de majagua, que era la pronunciación negra de más agua, porque en ese árbol crecían curujeyes, falsas orquídeas, que almacenaban agua. Alma cenaban. Me miré en la luna del espejo y me vi. Era otro. Pero ¿había cambiado? El alma estaba en el espejo. Reflexioné en un reflejo. Nos cruzamos esa mirada roja de que habla Guidemo Passant. Guy de Maupassant. Guillermo que pasa. Salí a la calle y a la noche. Crucé la calle Calzada, atravesé Línea sin luna y entré en el cinc Rodi. Estúpido nombre. ¿Se llamaría en efecto su dueño Romero Díaz? ¿O Rodrigo Díaz? De esas cavilaciones me sacó la película, que era *Designios de mujer*.

Junior ahora quería hablar conmigo. ¿De qué quería hablar? Me citó en El Carmelo, siempre rebosado aun a esa hora de la tarde, siempre de moda. Vine a encontrar mesa en el pasillo estrecho donde se exhibían periódicos y revistas y las mujeres raudas que iban al baño. No pedían permiso pero estaban excusadas. La mesa era tan estrecha como el pasillo, las faldas de las damas y damitas iban y venían pero no hablaban de Miguel Ángel sino de boberías con voz de soprano.

Junior llegó y se plantó delante de mi mesa. ¿Para demostrar lo alto y ancho que era? No, es que era tímido y estaba intimidado, pero no por mí, no por mí. Lo invité a sentarse y, siempre correcto, siempre deferente, se sentó frente a mí. De veras que era alto y cuando se sentó vi que era tan ancho como alto. Nunca me había fijado en que era casi un gigante que había jugado football americano (o como él lo llamaba correctamente *grindiron*) en la universidad, con el éxito que lo hizo un *grindiron hero*. Con su saco a cuadros, muy ancho en los hombros, se convirtió ahora en formidable. Pero no se crea que a mí me impresionan los gigantes. Leí la *Odisea* por primera vez a los dieciséis años y sé que Ulises, con tretas y trama, le ganó al cíclope quemando su ojo único con su tea. Pero Junior tenía una vista perfecta y excelentes reflejos, probados nada menos que por el mismo Ernest Hemingway, catador. Una tarde entró en el Floridita y vio a Hemingway sentado en una mesa aparte. Impulsivo, fue a saludarle, y al ver Hemingway a aquel hombre tan alto, tan fornido, que se le venía encima, por reflejo o por paranoia se puso de pie al tiempo que se quitaba las gafas: no quería que lo vieran siempre vanidoso, llevando espejuelos. Pero tomó muy mal el saludo de Junior. «Hello, Mr. Hemingway!», dijo Junior en su perfecto inglés con acento americano (producto sin duda de la Ruston Academy). Hemingway lo puso en su lugar. «Joven», le dijo, «no porque uno está cometiendo en público un acto privado», se refería por supuesto al acto de escribir lo que debió ser una carta, «ese acto no deja de ser privado». Junior debió de hacer un gesto de excusa, pero Hemingway lo estimó una acción agresiva. Además de que Junior le sacaba la cabeza a Hemingway, que siempre se consideró el hombre más alto del lugar —es decir del Floridita. Sea lo que sea, Hemingway le lanzó una derecha mezquina a Junior, pero para esquivarla le bastó a Junior un movimiento lateral de la cabeza y el puño de Hemingway, como las palabras vanas, cayó en el vacío. Junior no tenía siquiera veinte años y Hemingway ya peinaba canas —pocas porque se estaba quedando calvo aunque lo disimulaba con un corte romano. Pero, como amante del deporte, Hemingway le concedió la victoria a Junior. «Tienes buenos reflejos», le dijo tuteándolo, «deberías hacerte boxeador.»

Sentado recostado en la pared de vidrio que divide el restaurant de la terraza, se veía aún más enorme —su enormidad doblada por el cristal que se hacía un espejo.

Sonrió su antigua sonrisa, dejando que mi sonrisa en

reflejo lo recibiera amistosamente. Pero no tenía otra más a mano para el mano a mano. Nunca me sentí que estaba frente a un brillante fracaso. Tal vez fuera porque Junior no fuera brillante pero de ninguna manera era un fracaso: frente a sus diversos destinos había salido siempre vencedor. Era, qué duda cabe, un héroe positivo, mientras que yo no era más que el antagonista como agonista. Pero cuando habló sentí que estaba sentado frente a una sorpresa. La vida es así de inconsecuente.

—¿Qué tal, mi viejito?

Viejo saludo que venía del Vedado Tennis.

—Bien y tú.

—De regreso. No sé si para bien o para mal.

—No hemos hablado. De manera que eres noticia de nuevo.

—No, no hemos hablado.

¿Qué quería decir con toda esta reticencia? No tenía la menor idea. Decidí ir directo por el camino menos recto.

—¿Cómo te fue por España?

—Sevilla. Un desastre.

—¿Cómo es eso?

—Me metí a torero.

—¡No me digas!

—Sí te digo. Fue por culpa de Hemingway. No él personalmente, sino su libro *Death in the Afternoon*. Fui buscando esa muerte en la tarde. Primero en La Maestranza. Ésa es la plaza de toros de Sevilla.

—Lo sé. Hemos leído el mismo libro.

—Luego fui a lo que está detrás: el barrio de Triana, los cafés toreros. Me hice habitual del café en que todavía reinaba Belmonte. Gran conversador aunque nunca hablaba de él mismo. Hablaba de todo menos de toros. Me acerqué, me admitieron, me senté a su mesa. Belmonte es fascinante. Viejo y todo, se veía por qué había sido lo que había sido. Me invitó a sentarme a su lado. Lo hice encantado y un día me preguntó que por qué no me hacía torero. Como dice Hemingway, me pareció una buena idea entonces. ¿Tú has oído hablar alguna vez de una carcajada de miles de personas? —me preguntó finalmente.

—Yo no, pero tal vez Bob Hope sí.

—Nunca he sido cómico sino serio y desde hace dos años más bien fúnebre. Fue lo que me hizo vestirme de luces de negro.

—Además de la sugestión de Belmonte.

Belmonte, con su sonrisa de lobo, como lo describió Hemingway, que era sólo con los dientes, de seguro que le jugó a Junior la broma de su vida, inolvidable.

—Eso también. Sea lo que sea, así terminó mi carrera de torero antes de empezar. Aunque no he venido a hablar de mí sino de ti. Lo que tengo que decirte te afecta, aunque espero que no afecte nuestra amistad.

—¿Me afecta? Recuerda que siempre he sabido mirar los toros desde la barrera. Aunque hace tiempo que me parece un espectáculo risible.

—¿Risible?

Viendo a un hombre, por lo regular un hombrecito, vestido como una mujer para burlar, engañar, herir, lidiar en una palabra a un animal que tal vez antes fuera noble y ahora no es más que el objeto de befa ante su bestialidad. Fue lo que pensé no entonces sino ahora. No se lo dije a Junior, que por un momento a la vez de gloria y de infamia fue el Niño Bernardo.

Junior se adelantó sobre su tacita de café. Lo miré bien. Nunca se me pareció más a Bill Bendix que ahora. ¡Bendito Bendix! En *La dalia azul* tenía una placa de plata sobre el cráneo y música de monos en la mente. De cara maciza, masiva y toda hueso, era bondadoso, amistoso pero potencialmente peligroso cuando la orquesta Mantovani, que se encargaba de la música indirecta en su cerebro, tocaba su canción —*Monkey music*. Me gustaba en *Taxi, Mister* porque siempre me gustan los taxis en el cine, donde siempre se conversa con el chofer. Pero ahora de galán, cuando siempre fue un secundario, sentado a mi mesa, en mi rincón favorito del Carmelo, era, de veras, *too much* Junior. ¿Qué me querría decir?

—¿Qué me querías decir?

—Verás —me dijo, y después hizo una pausa que hubiera deleitado a Pausanias, el conquistador de Bizancio. Ahora, vuelto a ser Junior Doce, se lanzaba a fondo. Con estoque tras la capa, sin reír—. Estelita se ha venido a vivir conmigo.

No era un exabrupto pero sí una sorpresa. No que Junior después de un circunloquio me soltara así de sopetón esta noticia, sino que por un momento, que duró más de un momento, no vi la conexión. Había habido, sí, sus ojeadas en La Maravilla y los encuentros con Estela en el Malecón, que creí tan fortuitos como una manzana y un paraguas en una mesa de disección. El paraguas negro por fuera, de acero adentro, no era necesariamente una metáfora. Alguien había lanzado a Estela a la calle para convertirla en una manzana de la discordia. Pero no era Dios, eran los dioses.

—Yo no la recogí. La rescaté, que no es lo mismo. No me gustaba nada.

—*The company she keeps*.

—Exactamente. Pero no sé por qué lo dijiste en inglés.

—Porque hablo contigo. Junior es una palabra americana, ¿no?

—Inglesa.

—Como tu carro, que manejas por el lado izquierdo.

No había dicho esa frase todavía cuando ya sabía que no debía haberla dicho.

—Exactamente, mi viejito.

—No tan viejo que pueda ser tu padre.

—Es que no eres mi padre.

—¿Cómo vienes entonces a pedirme permiso para casarte con Estela?

—No he dicho eso.

—No importa, *ego te absolvo*, para decirlo en latín pero con acento habanero.

—¿Tú crees entonces que he cometido un pecado?

—No lo has cometido todavía. Pero es peor que un pecado. Es un error.

—¿Tú crees?

—Si no lo creyera, no te lo diría. Pero no has venido a pedirme ni permiso ni perdón.

—No. Ya me lo dijiste, ¿no? Bueno, ya lo sabes. Por cierto, doy una fiesta en mi casa este sábado. ¿Vendrías?

—¿Y por qué no?

—Seremos doce.

—Como tu apellido.

Junior no sabía, creo que no lo sabe todavía, por qué me había hecho un gran favor: Estela, suelta, era un peligro por ser una bala perdida, aunque fuera, como se dice en el ejercicio de la vida, *friendly fire*. Ese fuego amigo se había mostrado varias veces como un fuego —iba a decir juego— peligroso. Estela estaba bien donde estaba. Al verme sonreír, Junior sonrió a su vez. Tal vez esperaba una confrontación, pero Junior, como todos los hombres grandes, quería evitar un problema. Fue bueno que me hablara porque siempre me gustó y sabía ser leal, aun en ocasiones que para otro podía verse como desleal. Las sonrisas terminaron la entrevista y por eso ese sábado fui a su casa, a su cena. Oh, Susana.

Pero no había contado con que Estela estuviera, Seríamos trece. Decidí no quedarme para completar el número que me dio buena excusa.

—¿Te vas? —me preguntó Junior al ver que me iba.

—Es que soy supersticioso.

—Tú, ¿un materialista?

—Eso en México es un recogedor de materiales. Como en la frase «se ruega a los materialistas no estacionarse en lo absoluto».

—Tú recoges materiales y después escribes, ¿no es eso?

Junior era sincero y veraz y yo un mero escritor. Literario no literal. Recuerdo cuando Estela me interrogó de la manera desinteresada que lo hacía siempre, como con una media interrogación:

—Así que tú eres escritor.

—Sí lo soy. —Fue apenas mi respuesta.

—Literato, ¿no?

No era siquiera una clasificación.

—Es peor si fuera un hombre de letras, como la sopa.

—¿Qué sopa?

—La sopa de letras. ¿Tú no la has comido?

—Ni sé a qué sabe.

—Es como si te comieras la página de un libro.

—Debe saber a rayos.

—A rayas.

Yo apenas era un esteta. Me había refugiado en la literatura como si me acogiera a sagrado en su iglesia laica, el periodismo. Pero me consideraba un esteta. El esteticismo es el último refugio del fracaso de la vida. Junior era un atleta, un héroe. No me impresionan los atletas de andar por la calle: sólo sus proezas. Junior era un atleta secreto, pero un campeón en potencia. No quiero hablar de política sino de poética, de la experiencia literaria, siendo un desdén adquirido por la experiencia. Junior, en cambio, buscaba la experiencia aun a riesgo de su vida. Llegó hasta arriesgar su vida por la experiencia: fue torero y terrorista. Era, qué duda cabe, un héroe. Pero yo, si no despreciaba, por lo menos desdeñaba a los héroes —a menos que fueran héroes antiguos o antihéroes. Encontraba al héroe negativo positivo. Junior era un héroe en la victoria pero no se dejó ser un mártir en la derrota. En sus actividades clandestinas contra Batista, cuando supo que habían cogido a su compañero de célula y lo habían torturado (lo vio saliendo de la quinta estación de policía), todo lo que hizo fue ir a su casa y sentarse en la sala a esperar que viniera a buscarlo la policía. Era su turno y no había otra cosa que hacer. Eso fue todo lo que hizo y nadie vino a buscarlo excepto yo, que con Branly lo llevaríamos en un taxi al aeropuerto, le compraríamos un billete para el avión a Miami, lo escoltamos hasta la salida y lo vimos desaparecer en la noche de Rancho Boyeros. Pero todo eso, por supuesto, va a ocurrir en el futuro.

Stella not yet sixteen, para lectores bilingües. Para los monolingües, Estela no tenía dieciséis años todavía. Dijo Swift. Pero yo soy más Sterne que Swift. Swifty lo llamaba Stella. Swifty McDean. Los dos eran clérigos obsesionados con el sexo. Pero ¿no lo estamos los tres? ¿No lo estamos todos? El sexo es una obsesión peor que la muerte y los franceses los unen en una imagen del orgasmo como órgano, el orgasmo: *la petite morte*. La pequeña muerte de cada noche dánosla hoy. Por la tarde, no de tarde en tarde. Sería hipócrita de haber dicho yo no quiero tu cuerpo sino tu alma, porque lo que deseaba era su cuerpo. Su pequeño, perfecto cuerpo imperfecto. Pero Estela era, probablemente, la mujer o la niña (su carácter dependía del viento), la persona más inteligente que había conocido hasta entonces. La inteligencia, sin embargo, no sólo se manifiesta en palabras y yo todo lo que tengo son palabras, útiles, a veces inútiles. Utensilios. Las palabras son reales, pero lo que hago con ellas es, en último término, irreal. Ella pedía realismo pero yo no podía darle más que magia —a veces de salón. La muchacha dorada, ¿adorada?, pasó del oro al polvo de que salió después de haber sido ganga y pepita. O mejor, fue un diamante, carbono puro, entre el óxido de carbono. Pero las palabras inclinan y, en un final, obligan. Como los astros en el horóscopo. Astrologías.

Si un día (o una noche) un ángel (o un demonio) se metiera en tu cama, donde velas solitario en la mayor soledad, para decirte: «Esta vida que has vivido y que vives todavía y que tendrás que vivir —una vez más y para siempre—, todo en la misma sucesión y en la misma secuencia, y esta verja y esta araña y su tela que teje y desteje y esta luna brillando entre los árboles y este momento y yo mismo, y si el eterno reloj de arena de la vida fuera volteado una y otra vez, y tú dentro, grano de arena en el reloj del eterno retorno». Si esta idea, que no es mía, que es de Nietzsche, se posesionara de ti, de tu alma, te cambiaría o tal vez te aplastaría. La pregunta que hace el filósofo sería: «¿Querrías que ocurriera una vez más y además innumerables veces?». ¿Anhelarías algo con semejante fervor como anhelas esta última confirmación de la eternidad?

Salí y, cabestro que soy, me dejé llevar por la querencia. Cogí un taxi en la esquina porque no hay combinaciones fáciles desde mi casa a la calle Línea.

—¿Adónde? —preguntó el chofer.

No le oí y volvió a preguntar:

—¿Adónde quiere ir?

—Al pasado —le dije.

—Estamos todavía en El Vedado.

Ah, estos choferes que lo saben todo, como hacer que las preguntas se vuelvan respuestas sin dejar de ser preguntas.

—Al café Vienés. ¿Sabe dónde queda?

—Sí. Sí sé. Pero voy a bajar por G.

Avenida de los Presentes la llamo yo. De los Presidentes. Llegamos al café Vienés al borde de la noche. No había nadie excepto por una mesa ocupada toda por mujeres y en medio de esa zenana estaba, ¿sorpresa?, Estela, más rubia que nunca, más bella que jamás. Me senté en una mesa al fondo, donde la cocina es vecina. Miré a la mesa de mujeres pero en realidad la miraba a ella, con su pelo corto y su cara de quiupi. *A Kewpie doll, a Cupid all.* Fue la cabeza lo primero que vi levantarse lenta y laqueada, después vi sus senos, tan breves como siempre y luego ella más breve que su busto, toda: irguiéndose hasta alcanzar su breve estatura, y sin decir palabra a nadie vino hasta donde yo estaba y se sentó a mi mesa. Mimesis. Ella se imitaba a sí misma volviendo a ser lo que había sido.

—Tengo un taxi esperando. ¿Quieres venir?

Se encogió de hombros.

—Si te parece —dijo.

La misma Estela de siempre: indiferente pero nada diferente. Después de tanto tiempo me pareció asténica. El destino consiste en no tener destino.

—¿Adónde vamos?

—A completar el monstruo de dos espaldas que iniciamos una noche, una noche toda llena de murmullos y de música de nalgas.

—¿Qué es lo que dices?

—Lo que escribo.

Ella entró primero y le dije al chofer que siguiera o mejor que continuara nuestro camino.

—Coño —dijo ella, y ésa fue su primera palabra íntima. Se acercó a mí y pensé que iba a besarme pero lo que hizo fue olfatear—. Hueles igual que antes.

—¿Qué querías, una nueva fragancia de Francia?

—Mierda, tú.

—Tú también hueles igual, el chofer huele igual, todos olemos igual.

—Lo que quiero decir es que tienes el mismo olor que tenías.

—«Cuando mi novia viene y huele mi pelo, me lo compara siempre con el romero, con el Romeo.»

—La misma mierda de siempre. Tú no cambias.

—No cambio, no. Creí que te alegrabas.

—¿Que tu pelo huela a recuerdo? No me alegra porque no lo esperaba. Han pasado tantas cosas en tanto tiempo y tú vienes y hueles igual. No es justo.

—Pero tú luces igual.

—Tampoco es justo.

—Nada es justo según tú.

Es prodigiosa la larga conversación que cabe en un taxi. Hablo de cantidad, no de calidad.

El taxi rodaba por la calle Línea como sobre carriles. Era un expreso.

—¿A que te lo dijo Branly?

—¿Qué me dijo Branly?

—¿No te lo dijo?

—No me dijo nada de nada. Hace tiempo que no hablo con Branly.

—Es que contigo nunca se sabe, siempre sin saber si sabes o no sabes.

Inescrutable es la palabra. Debido a mis antepasados que vinieron del Celeste Imperio.

—Me aplastas con tu sabiduría.

—Oriental.

—Bueno, entonces aquí va.

Estela se tomó su tiempo. No era característico en ella que no medía, que no se callaba nada.

—Me estoy acostando con tu hermano.

Esto es lo que da a lo inesperado su carácter súbito. No me lo esperaba. No me lo esperaba para nada. Juro que no me lo esperaba.

—Seguro que no lo sabías.

—No sabía nada. ¿Por qué iba a saber?

—Por Branly.

—Ya te he dicho que hace tiempo que no veo a Branly.

—Pues fue Branly.

—¿Te acostaste también con Branly?

—Estás loco. ¿Tú le has visto los ojos a Branly?

—No con tus ojos.

—Fue Branly el que me hizo la conexión. Él me presentó a tu hermano. Lo primero que vi fue su voz.

«Lo primero que vi fue su voz», típica expresión de Estela. Las mujeres nunca harán conexión con la lógica.

—Tiene tu misma voz. Con los ojos cerrados, en la cama eres tú.

—En la cama.

—En la cama.

Ah, ciudad incestuosa. No fue lo que le dije, ni siquiera lo pensé entonces. Es ahora que adopto este tono operático.

—Eso se llama incesto.

—Eso se llama la vida.

¿Por qué no dijo la vida que nos hace y nos gasta?

No dije nada y creo que no exterioricé nada. Ni una palabra, ni un gesto.

—Vaya, vaya. —Era ella ahora. ¿Se burlaba?—. Te veo impasible.

—Lo sabías. Estoy segura de que lo sabías. Si no fue Branly, entonces fue tu hermano. Pero lo sabías. Viniendo a verme, a buscarme, no podía ser de otro modo. Si no lo supieras. Si lo sabías o no lo sabías, puedo romper con tu hermano si tú quieres. No tienes más que hacerme una seña.

—Con tres golpes. Como en las subastas.

—¿Qué cosa?

—Que nada más tengo que hacerte una seña, una inclinación de cabeza, un golpe con la mano y, como tú dices, ya está. Como en una subasta. ¿Tú nunca has estado en una subasta?

—No. ¿Qué cosa es eso?

—Es una venta donde un golpe de mano no abolirá el bazar.

—Sigo sin entender.

Ya la máquina pasó Paseo rumbo al túnel y al olvido. Ella sonrió su sonrisa sardónica, que era su sola sonrisa.

—Puedes besarme.

—Obligado.

—¿Por qué «obligado»? No te fuerzo.

—Tú no quieres que yo diga gracias. «Obligado» es gracias en Brasil.

—Pero no estamos en Brasil.

—Ya me lo parecía.

—Estamos en Cuba.

—En La Habana, mejor. O mejor en la oscuridad.

—Eres extraño, tú.

—Extraño ¿cómo?

—No sé. Todos esos cumplidos.

—Cumplidos son los años.

—Que me llevas. Pero ¿sabes una cosa?

—No sólo sé una, sé muchas. ¿Qué otra cosa?

Ella sonrió su sonrisa mejor —que era casi una mueca. Ahora que lo pienso nunca vi reír a Estelita, su sonrisa no era una sonrisa sino una mueca, una mueca que atornillaba a su cara.

Ella sonrió su sonrisa que no era una sonrisa y me dijo:

—¿Sabes una cosa?

Ésa es una pregunta retórica que casi siempre quiere decir que, precisamente, no se sabe nada. En un final, como dice el bolero, uno no sabe nunca nada. Pero debí poner cara de querer saber.

—¿Qué?

—Que no me falta más que tu padre.

Fue entonces, más allá de 12, yendo a acostarme con ella, que decidí que no quería acostarme con ella. O mejor, que no debía. No había nada de amor de mi parte y de su parte nunca hubo mucho sexo. La fuerza del hábito era para un monje. La devolví al café Vienés, memorable no por ella sino por los *strudels* y la Sacher Torte. Nunca se me ocurrió que un día visitaría Viena, me hospedaría en el Sacher Hotel y comería su torta. La vida no es una ronda sino una curiosa cinta de Moebius, una superficie continua de un solo lado en que se unen el fin con los principios.

Entre este párrafo y el anterior sucedió algo imprevisto. *Estelle a disparu*. O para decirlo más claro, Estela desapareció. La afrancesada frase anterior viene de leer a Proust antes de cumplir treinta años. Pero Estela se fue sin dejar rastro.

En todo caso recuerdo muy bien la última vez que la vi. Iba por la calle Línea en un taxi rumbo al teatro Trianon, a un estreno tardío, cuando pasé, es decir, pasamos el chofer y yo, pasó el taxi, si quieren exactitud, un poco más allá del café Vienés, cuando la vi caminando sola por la acera y se veía una figura abandonada dejada detrás —y me dio lástima, claro, la lástima no es suficiente freno y el taxi vino a parar media cuadra más allá.

Apenas nos saludamos.

—¿Damos una vuelta?

—¿Para qué?

—Para nada.

—Media vuelta nada más.

—Una vuelta es una vuelta.

—Me puedes acompañar hasta mi casa, si quieres. Vivo aquí al doblar.

—Eso es una vuelta.

—Está bien.

Caminamos hasta F. A media cuadra me señaló un edificio de apartamentos, feo. F de feo.

—Vivo aquí.

—¿Sola?

No me respondió sino que me miró con esa cara suya —ojos, cejas, labios— llena de sarcasmo.

—¿No te lo dijo Branly?

—Hace rato que no veo a Branly.

—No te lo dijo entonces.

—Es evidente que si no lo veo nunca no había nada que me tuviera que decir o que me dijera.

—No te lo dijo.

—¿Qué cosa? ¿Que vives con él?

—Frío, frío. ¿No te contó nada de veras? Pensé que lo había hecho. Él lo sabe todo. Y como es tu amigo, pensé que te contaría. No sé a qué viene ese recato. Branly es muy chismosito y es amigo tuyo. Pero en caso de que no sabes voy a contártelo todo. Ahora vivo aquí, ahí enfrente. ¿Sabes quién me paga el cuarto? Lourdes Castany. Tú la debes conocer. Ella me ha dicho que son ustedes, que fueron, compañeros en la escuela de periodismo. Me he conseguido, como dirías tú, un chino que me ponga un cuarto. Aunque en este caso es una china. Cómico, ¿no? Pero veo que no te ríes aunque tienes fama de cómico. Comediante. Bueno, el caso es que ahora soy lesbiana, como tú dices. ¿Qué te parece? ¿Cómo es que me llamaste? Me dijiste que yo tenía tendencias sáficas. Sáficas. Tú y tus palabras raras. Pues bien. Sáfica soy. Sólo que no son tendencias, son realidad.

¿De dónde habría sacado ella su vocabulario? Seguro de su amiga periodista. No hay como un periodista para usar palabras largas al servicio de ideas cortas.

—Tu antigua virgen y amante es ahora lesbiana. Ve que te imito y evito decir que soy tortillera. Pero no es que lo sea ahora. Siempre, querido, lo fui. Sólo que no lo sabía. Tú me descubriste, me ayudaste a descubrirme a mí misma. ¿Cómo es que me decías y repetías, que eras mi Cristóbal? No me importa —me dijo ella con su voz finita que venía del infinito—, si te gusta o no te gusta lo que hago. Tu opinión me es indiferente. Es más, tú me eres indiferente.

—Y yo que me creía diferente.

—No eres nada diferente para nada. ¿Entendiste?

—Entiendo. Estoy entre la indiferencia y la nada. Pero un día tú me creíste imprescindible.

—Nunca, ¿me oyes? Nunca jamás. Me serviste para irme de mi casa y librarme de mi madre y nada más. ¿Comprendes?

—Comprendo. Lo que nunca comprendí fue aquel complot, mezcla de neorrealismo y film *noir*, para matar a la autora de tus días y tal vez a este autor de tus noches.

—No te entiendo. Ésta es la ventaja de hablar contigo.

Nunca se entiende nada de lo que dices, y si se entiende no se sabe si hablas en serio o en broma.

—Ésa es la ventaja de ser un autor cómico.

—Tú no eres autor ni nada. No eres más que un periodista. —Al decírmelo sonrió una mueca final para desaparecer en la oscuridad de la escalera.

De pronto recordé a la recepcionista de la biblioteca nacional, que al llenar yo la ficha reglamentaria donde pedían «Ocupación» puse «escritor». La recepcionista, ya madura o mejor casi podrida, se quitó las gafas al leer, me miró y me preguntó: «¿Qué es eso de escritor?», recalcando más que subrayando la palabra. «Aquí no hay escritores. Ponga periodista y ya está.» ¿Sería esta portera glorificada una tía de Estela? Quién sabe. Los genes quedan, son contagiosos.

Estela y yo estamos unidos en este libro, en esta página, en estas palabras que se suceden. Un abismo nos une: ella murió y yo vivo para escribir este libro. Nos salvará este paraíso, nos condenará este infierno: un libro, la vida. De verdad, verdugo nunca fue mi tarea más temida, y encontré entre las cenizas de mi amor su corazón intacto.

No fue un solo verano de felicidad sino un verano todo de miseria y furia y fuego. Fue un verano inolvidable pero no por razones obvias, sino porque lo recuerdo ahora como si sucediera ahora. No hay mayor dolor, dice Dante, que recordar el tiempo feliz en la desgracia. Pero ¿qué sucede cuando se recuerda la desgracia y no hay dolor sino el sabor del saber y la duda del amor no es peor que el desamor pero se parecen?

Todo lo que me mueve me conmueve, es asunto para este libro. No importa si ese todo es bajo y trivial —o tremendo. Sé mucho más de lo que sabía entonces, pero no soy más inteligente. Soy más cínico pero menos cruel. Lo que le hice a Estela tiene más importancia que lo que ella me hizo a mí —o lo que nos hicimos los dos a los dos. En cuanto al amor, es una de las formas que adopta la locura —o un catarro. Un día se descubrirá que no es más que un virus oportunista. Alguien, no tengo duda, encontrará una vacuna. Es decir, una suspensión de un microorganismo que produce inmunidad al estimular los anticuerpos. O contra cuerpos. Ese organismo en tres dimensiones que deja de ser un objeto o un cuerpo extraño para introducirse en todos los sentidos. O en el alma para animarnos. ¿Habrá alguien pensado algo alguna vez? Tal vez el Dante. Al dente.

Mentiría si dijera que no la volví a ver. La volví a ver. Ella iba vestida, como acostumbraba desde hace rato, con pantalones en vez de faldas. Observé además que abrochaba su camisa de derecha a izquierda.

Era curioso cómo antes siempre viajaba en guagua, autobús o bus, que de todas esas maneras solía decirse, y ahora me desplazaba en taxi o máquina de alquiler. Iba por la calle Línea, que no es una de mis calles favoritas, sobre todo desde que desapareció el tranvía, y pasé frente al café Vienés, iluminado pero casi vacío. Branly vio en su bola de cristal de Murano mi destino. «Si sigues cogiendo taxis terminarás en taxidermista.» Que no es un futuro pero suena bien.

El café Vienés de Línea era la versión tropical y tópica del Sacher que había hecho famoso una película de agentes secretos y amores ocultos, todos empleados en la onerosa tarea de hacer del desengaño un engaño. Aunque aquí no hubiera una sola Wanda Massai se debiera llamar café Sacher-Masoch. El café Vienés era famoso por su Sacher, no Torte sino tortilla. Que todas las lesbianas acaricien mi cara, cantaba el jingle por la Radio Futura. Entonces, todas las mujeres que buscaban refugio para su subterfugio eran lo que en La Habana Vieja se llamaban castigadoras. Mi antigua Estelita se había convertido en Estela: de una Venus en cueros a una Venus en pieles. Ah, Sacher, ah, Masoch.

Pero era como el cabestro que padecía una querencia y de vez en cuando pasaba por allí, muchas veces de largo, otras de corto por culpa de mi vista. Una de esas veces vi a Estela sentada a una mesa con otra mujer rubia. Las dos llevaban el pelo corto —sin duda un *trait d'union*. Estelita, con cara de Estela, llevaba el pelo más corto en un pelado que no era peinado. Recordaba vagamente a Juana de Arco. No la de la literatura o de la historia sino la del cine: la doncella de Orleans según Carl Dreyer, famoso *coiffeur des dames et pucelles*, que la tonsuró hasta la tortura. Pero Juana era una virgen profesional, hembra entre hombres. Estela esa tarde era hembra entre hembras.

La vi como no volvería a verla jamás. La consumí con mis ojos. Consumí, consomé: extraer la sustancia de una carne comestible.

Mi admiración superaría a mi veneración —si ésta existiera. Más íntimo, estoy a merced de mi adoración, que existió, bien breve es verdad, una vez. Entonces ella seguía el modelo de una diosa. Pero no era un espectro ni gozaba del prestigio de un doble. Ella era carnal, próxima y muy asequible. De hecho, en otra ocasión la hubieran llamado una mujer fácil. Pero no lo era, por Dios que no lo era. Ella fue siempre para mí una interrogación difícil.

Ella de veras se deslizaba por la vida de todos los días. Nunca llegó a trabajar, no encontró el trabajo que buscaba y siguió viviendo. No tiene dónde vivir y va de casa prestada a casa de huéspedes, a hotel, y sin embargo nada parece tocarla. No tiene memoria ni recuerdos ni remordimientos. Parecería un vegetal si no fuera tan prometedora en la cama, pero allí sería un fracaso si no tuviera ese cuerpo y esa cara y esas tetas que parecen teticas pero son realmente duros domos de deleite. El mío al menos. Sus tetas son rampantes, como breves bestias que se disparan. Faltan sus ojos, falta su mirada atrayente, altiva y, ¿por qué no decirlo?, traidora.

Los baños, las escenas en que se visten y se desvisten. Una ola de inocencia la trae hasta la playa temprana. Muchachita heroica con su extrema inocencia y extremo erotismo: como una artista niña, la más sexy de las niñas artistas. Cara de gata que tiene la inocencia y el carácter del felino. Pero, pero, díselo al ratón. Pelo ahora desordenado que copia a la colegiala que acaba de salir de la escuela para niñas ricas. Su nariz acentúa a la niña. Será niña pero no es ñoña. Parece que no tiene más que una expresión. Pero tiene varias vidas y una vida venérea. Apareció ahora en las fronteras de la infancia y al mismo tiempo puede ser Popea; bañada en leche, envuelta en leche, nadando en leche.

En el club de la calle 12, más bien un tugurio, el Picasso, fue donde tuve que ir para verla. Al entrar, como en el Atelier, me golpeó la oscuridad, ahora me dio en la cara una enorme bocanada de humo. Salida casi sólida de la gente que colmaba el local.

Arriba de la entrada un cartel discreto, si es que un nombre se puede llamar discreto, decía «Picasso». Al entrar, la música por poco me tumba y derribado me sentí. Al fondo, detrás de donde habría estado la orquesta si hubiera una orquesta, había una vitrola como una banda multicolor y detrás del artefacto había un letrero enorme que decía: «Las Demoiselles de Avinon». La ortografía, que quería ser francesa, era la del anuncio —o aviso. El público del Picasso eran todos damiselas d'Avignon: mujeres, más bien muchachas, que se congregaban alrededor de la vitrola como nativos alrededor de una diosa blanca. Pero eran los misterios de la Bona Dea resucitados de Roma Antigua. Apaguen paganos.

Traté de caminar donde los demás bailaban —y los demás eran todas damas que bailaban. Una con otra. Bailaban bien pegadas, alguna con una mejilla junto a la otra. En las mesas había otras mujeres, de dos en dos. Algunas conversaban, otras se besaban. No había más que mujeres por todas partes.

El rock'n'roll había tomado La Habana por asalto y ahora del tocadiscos venía una música melosa que no era rock'n'roll sino *rythm and blues*: Los Platters cantaban desde el disco. Sabía que la canción se llamaba, impuesta pero opósita, *Only You*. Sólo tú. Pero no sólo yo porque la veía bailar al fondo con su pareja que era difícil decir si era hembra, hombre o sombra.

Debajo de su vestido rojo tenía un refajo negro, breve, que apenas le cubría el pecho y no le llegaba a los muslos. Sospechaba que era ella el sexo que huye, que te devora, pero su rostro era apacible, desapacible, apacible de nuevo y de veras inerte, indiferente. Ella ha viajado, se ha ajado. Pero ¿ha vivido? Parecía un zombi blanco: mi versión de Christine Gordon caminando catatónica en la noche haitiana. ¿Qué sería de mí sin el cine?

Lo peor de lo mejor había pasado, quedaba lo mejor de lo peor. Pero (esa palabra siempre viene a entrometerse) no la iba a poder olvidar. Esa muchacha era mucha mujer y yo no iba a poderla olvidar aunque quisiera. Que no quiero. He olvidado a muchas muchachas pero Estelita se convirtió en estela. Fácil juego de palabras pero difícil de hacer, de construir una oración que lo contenga y al mismo tiempo la deje fuera. Vaga Estela de la noche.

Participo de la paranoia nacional y aun de la esquizofrenia nativa de haber sido un país esclavista que se convirtió en una nación mulata con el negro como recuerdo del esclavo: el país se hizo todo mestizo. Hay una frase acerca de la identidad racial que pregunta «Y tu abuela, ¿dónde está?», inquiriendo sobre la raza no sólo del cuestionado sino del que pregunta: la abuela nacional es la escondida. Lo peligroso del esclavo es que puede llegar a liberarse. Lo peligroso del cubano es que es un esclavo liberado.

Pero ella, Estela, no padecía de esas angustias y todo lo malo, como lo bueno, lo recibía con la mayor tranquilidad, sin alterarse. En vez de abuela tenía abulia. No era un alacrán, como sugirió Carbell al saber que era Scorpio. Si acaso era una oruga que se negaba indiferente a convertirse en mariposa.

Decir que ella era obstinada era concederle una cualidad musical. Era difícil porque era indiferente. Era, siempre fue, independiente. Ella había sido prisionera pero ahora era libre. Lo que la hacía peligrosa es que era una esclava que había roto todas las cadenas. Inclusive las mías. Yo había sido para ella un mero eslabón, ahora lo veo.

La realidad son siempre los otros. Aun los del otro lado de la página. Sobre todo los del otro lado. Nunca me reconozco ni en los espejos ni en foto. Hay una imagen ideal mía que no aparece por ninguna parte. Quisiera verme como me ven, pero eso, lo reconozco, es perfectamente imposible. Donde dije perfectamente, podría decir imperfectamente. No me veo, me ven los otros.

Decidí cortarme el pelo. Al cero, casi al rape. ¿Era ésta una forma inversa de soltarme la melena? Ahora, sentado en mi balance, miraba la televisión. El hombre más viejo del mundo recomendaba fumar cigarros, puros, habanos. Le hice caso y dejé de fumar cigarrillos. LM, Marlboros, Camels. ¡No más pitillos! Entonces, mi mujer vino a sentarse a mi lado para cogerme una mano entre las suyas. La dejé hacer. Después del viejo más viejo del mundo, vinieron los músicos. María Teresa Vera a cantar «Veinte años», acompañada por Lorenzo Hierrezuelo, que era el primo en la guitarra pero el segundo en la voz: el cantante haciendo siempre de segundo.

Qué te importa que te ame
si tú no me quieres ya.
El tiempo que ya ha pasado
no se puede recobrar.

Muy pocas cosas se pierden en el tiempo, pero muchas pueden perderse en el espacio. La Habana es una gran ciudad, pero no es una ciudad grande. Sin embargo, a pesar de no salir de ella y salir mucho no volví a ver a Estela.

Ella fue una herida en una huida. Pero su fuga, ahora lo veo, borró su imagen. Como se borra la imagen de un ciervo: el cazador no ve más que una mancha que vuela. Si escribo ahora no es para cobrar la pieza ni para recobrarla a ella sino para completar su figura en la huida: una gacela atrapada en una fotografía. Dentro de dos años esta historia habrá estado conmigo, ido conmigo, dentro de mi vademécum, cerca de medio siglo. No siempre en mi corazón, sino en mi mente: allí donde los recuerdos se aventuran —y almacenan. Tengo recuerdos al por mayor y al por menor, eso se llama minucias: mendrugos del banquete del amor. Platón, Platón, ¿por qué me persistes?

Ni la luna de noche ni alguien a tu lado a la luz de la luna. Ni la luna tampoco. Ni yo ni tú ni la luna estaremos aquí para ver a la araña tejer su tela en la cancela. Ni volverá la tejedora ni tú ni yo en nada, que estaremos en la nada: tú antes porque las mujeres serán indestructibles pero son más destructibles que los hombres. Ahora ya sé: la vida te ha destruido. Pero, quizás, estas páginas te reconstruyan como si fuera un palimpsesto pal incesto. Ah, Estelita, ¿por qué me persigues?

Alguien ha dicho que se puede mirar atrás con el placer que presta la distancia, y son palabras de un novelista menor. Un gran poeta, al contrario, ha dicho que no hay mayor dolor que recordar el tiempo feliz en la desgracia. Y el tiempo desgraciado visto desde la felicidad, ¿qué dolor da?

Hay que ver las preguntas que uno se puede hacer caminando solo por La Habana de noche, digamos de La Rampa hasta 23 y 12. Caminar cansa, recordar da hambre. Así me llegué hasta Fraga y Vázquez, frente al 23 y 12, que es más bien una cafetería, y pedí un bisté de palomilla con arroz y potaje de frijoles negros y una ración de plátanos maduros fritos. Ah, y una cerveza Hatuey bien fría. Ave María, Pelencho, qué bien me siento. Es decir, me voy a sentir. Porque todo pasa en el recuerdo o más bien ha pasado en el tiempo. Brick Bradford tenía su trompo temporal, yo tengo mi memoria.

Descubre tu próxima lectura

Si quieres formar parte de nuestra comunidad,
regístrate en **libros.megustaleer.club**
y recibirás recomendaciones personalizadas